MYRIKYNNIS

A Caçada de Elena

Julia Bechelli

MYRIKYNNIS

A Caçada de Elena

TALENTOS
DA LITERATURA
BRASILEIRA

SÃO PAULO, 2023

Myrikynnis: a Caçada de Elena

Copyright © 2023 by Julia Bechelli
Copyright © 2023 by Novo Século Editora Ltda.

EDITOR: Luiz Vasconcelos
GERENTE EDITORIAL: Letícia Teófilo
PRODUÇÃO EDITORIAL: Gabrielly Saraiva
PREPARAÇÃO: Thiago Fraga
DIAGRAMAÇÃO: Laura Camanho
REVISÃO: Angélica Mendonça e Juliana Fortunato
CAPA: Luísa Fantinel
IMAGENS: pikisuperstar | tamaratorres | upklyak | Rawpixel @ Freepik

Texto de acordo com as normas do Novo Acordo Ortográfico da Língua Portuguesa (1990), em vigor desde 1º de janeiro de 2009.

Dados Internacionais de Catalogação na Publicação (CIP)
Angélica Ilacqua CRB-8/7057

Bechelli, Julia
  Myrikynnis : a Caçada de Elena / Julia Bechelli ; ilustrações de Luísa Fantinel. -- Barueri, SP : Novo Século Editora, 2023.

ISBN 978-65-5561-465-7
1. Literatura infantojuvenil brasileira I. Título.

23-1136   CDD 028.5

Índice para catálogo sistemático:
1. Literatura infantojuvenil brasileira

GRUPO NOVO SÉCULO
Alameda Araguaia, 2190 – Bloco A – 11º andar – Conjunto 1111
CEP 06455-000 – Alphaville Industrial, Barueri – SP – Brasil
Tel.: (11) 3699-7107 | E-mail: atendimento@gruponovoseculo.com.br
www.gruponovoseculo.com.br

Para aqueles que sonham em fazer do mundo um lugar melhor: saibam que existem outros que pensam como vocês e que, juntos, podem transformar esse sonho em realidade.

Guia de pronùncia

Dosieroj: Do-si-ê-rói

Fontarbo d'Espero: Fôn-tár-bo de Es-pé-ro

Kompreneble jes, ni ĉiuj parolas: Com-pre-nê--ble djés, ní tchiui pa-rô-la

Myrikynnis: mí-ri-kí-nis

Pragmatigida: Prag-má-tí-guí-da

Revuloj: Re-vû-lói

Vilaĝo de Lumo: Vi-lá-djio de Lú-mo

1

Um sonho que ela não lembra

Numa quarta-feira particularmente quente em meados de junho, Clara Tischler fez o sacrifício de acordar, intrigada pelo sonho que acabara de ter. Ao abrir os olhos, ela não conseguiu se lembrar do que havia sonhado, mas sabia que tinha acontecido.

Entretanto, essa não era a parte que atiçava a sua curiosidade. Não se lembrar de um sonho era algo comum. O que a deixava com a pulga atrás da orelha era o fato de ter certeza de que, durante todos os dias na última semana, ela tivera exatamente o mesmo sonho. *Isso* nunca acontecia. *Desta vez eu consigo me lembrar de uma coisa, pelo menos*, pensou a garota, esfregando os olhos preguiçosamente.

Ela vira uma mulher. Não uma mulher adulta *de verdade*, mas uma jovem, talvez tivesse uns 20 anos, muito bonita e de expressão séria. Tinha cabelos longos e ruivos, presos em uma trança apertada. A pele era pálida e olhos verdes em tom de jade que prendiam a atenção. O olhar dela era intenso e brilhava. Brilhava de um jeito diferente de tudo que a menina já vira. Era um olhar que guardava certa magia.

Ela usava uma espécie de coroa. Não de ouro, prata ou qualquer outra pedra preciosa, mas de ramos e flores. Simples e linda. Tudo nela era assim.

Vestia roupas básicas, uma blusa branca grande e leggings neutras, mas sua postura as tornava majestosas. Ela carregava um arco, e uma aljava estava pendurada no ombro com duas flechas dentro. Todos os objetos eram feitos, assim como a coroa, de madeira trançada.

A menina afastou os pensamentos, forçando-se a se levantar, e checou o relógio digital. Com as vistas nubladas pelo sono, buscou focar os números vermelhos vibrantes e viu que já eram 6h50. Estava atrasada. De novo.

Ao se dar conta, Clara se levantou imediatamente num salto, se trocou o mais rápido possível, jogou a escova de cabelos na mochila da escola e entrou na cozinha do apartamento enquanto lutava para calçar os tênis neon que não combinavam nada com a sua roupa. Sentados à mesa e acabando de comer estavam os dois irmãos mais novos, vestidos e com os cabelos devidamente penteados.

– Ah! Olha, Malu, quem finalmente resolveu dar o ar da graça – disse Rodrigo, de 13 anos, com o sarcasmo de sempre.

– Não enche – a mais velha respondeu, com o típico mau humor matinal.

Colocando o pão na torradeira, ela se jogou na cadeira ao lado do garoto que terminava de tomar um leite com achocolatado.

– Hunf! Por que você não senta que nem princesa? – reclamou Malu, revirando os olhos. A caçula completara 7 anos há pouco tempo, mas sempre teve um ar de superioridade. Às vezes parecia justo, porque ela poderia facilmente ocupar o posto de mais madura entre os irmãos.

Os três eram parecidos fisicamente, como irmãos geralmente são. Todos tinham os cabelos castanho-claros e o tom de pele bronzeado. A primeira característica foi herdada da mãe, e a segunda, do pai. Mas, enquanto Malu e Rodrigo tinham os olhos cor de chocolate e expressivos do pai, os de Clara eram idênticos aos da mãe, de formato amendoado e castanho-esverdeados.

Os irmãos eram muito unidos, principalmente os dois mais velhos, que tinham apenas um ano de diferença entre eles. Malu era a "bebê" e sempre os obrigava a levá-la a todas as atividades que os dois combinavam. Por mais que reclamassem aos montes para os pais dizendo que não queriam sair com a irmã caçula, sempre se divertiam muito juntos.

– Porque eu não sou princesa, eu sou uma bruxa – respondeu Clara, em tom de provocação e balançando os dedos como se fizesse um feitiço.

Malu a olhou feio, o que era fofo, considerando o rosto redondo e infantil dela, cercado de cachos castanho-claros. As enormes bochechas inflaram e as sobrancelhas finas franziram quando ela retrucou:

– Se brigar comigo, mamãe vai te proibir de ir para a festa do Vini.

O irmão do meio tomou a sábia decisão de não se envolver, mas antes de se levantar lançou a Clara um olhar que denunciava a opinião dele: *Fica na sua, só por hoje*. A mais velha hesitou um pouco, querendo muito continuar a discussão, porém a torrada pulou bem na hora, e o som da torradeira a distraiu da irritação.

– Você é impossível! – afirmou Clara, pegando o pão e começando a comê-lo, enquanto a caçula saía satisfeita.

Clara respiraria fundo e aceitaria as provocações da caçula. Logo estaria no carro a caminho de um fim de semana de comemoração do aniversário de Vini. Vinícius Qadir Delgado, um garoto popular da escola, planejou uma viagem para o sítio da família em Itu com alguns amigos; e ela fora convidada.

Tornaram-se amigos no 4º ano, quando ele entrou na escola e ambos conseguiram a proeza de chegar atrasados no primeiro dia de aula. Alguns minutos do lado de fora da sala foram suficientes para que o simpático menino de descendência árabe fizesse amizade com a menina tímida da turma. Desde então, mesmo que às vezes andassem com pessoas diferentes, sempre estavam juntos em pelo menos um intervalo do dia.

Vini era esse tipo de pessoa. Ele fazia amizade com todo mundo. Por isso, quando juntou o grupo de onze pré--adolescentes para convidá-los para a festa, eles se estranharam um pouco. Porém, isso não importava para ela. O grupo sairia logo depois da última aula daquele dia e aproveitaria a emenda do feriado de quinta-feira para curtir ainda mais a viagem. Aquele era o evento mais comentado pela turma no último mês e tinha tudo para ser incrível! Clara mal podia esperar para aquela manhã acabar.

2

Acreditar é um dom

Durante a terceira aula, a menina finalmente chegou à conclusão de que tentar prestar atenção em qualquer coisa seria um trabalho inútil. Dizia a si mesma que as aulas de quarta-feira eram chatas e que ela estava animada demais, no entanto sabia que não era totalmente verdade.

Não era mentira também. Estava, de fato, a poucas horas de uma viagem com os amigos, e as aulas já não eram as preferidas. Mas havia outra coisa que a perturbava.

O sonho... Aquela moça... Algo naquilo era estranho. Ela geralmente gostava de ter sonhos esquisitos, porém essa não era a questão. O conteúdo do sonho não era estranho, mas sim a sensação que ele passava.

Era tão real, como se estivesse em outro lugar que não na cama dormindo. Como se fosse uma lembrança de algo que realmente havia acontecido – mas que não tinha. Quase como se o subconsciente dela estivesse em outro lugar durante o sono, como se estivesse passeando em uma dimensão paralela para se encontrar com aquela garota misteriosa.

Mas são muitos "como se" de uma menina de 14 anos, uma voz na cabeça da garota disse, enquanto Clara acompanhava a quarta aula. Era comum que coisas assim acontecessem com ela, pensamentos em terceira pessoa, como se houvesse mais de um indivíduo pensando na cabeça dela.

E sinceramente, Clara, dimensão paralela! De onde você tirou isso?! Tá vendo muitas séries e lendo muitos livros de ficção, só pode, outra voz um pouco mais agressiva concluiu.

Clara balançou a cabeça negativamente para si mesma e voltou a checar o relógio, contando os segundos para o intervalo.

Naquele momento, ela se espreguiçou, cansada. Alguns diriam que era preguiça; o que era uma boa desculpa, já que Clara não tinha feito absolutamente nada o dia todo além de tentar desvendar aquela maluquice de sonho. Ah, mas as pessoas não entendiam que pensar poderia ser cansativo.

Para Clara, decidir sobre o que pensar era, às vezes, mais complicado do que falar ou agir. Para a maioria das pessoas, pensamentos surgem por algum motivo ou são escolhidos. Para a menina, era como se ela estivesse em meio a uma multidão, com várias vozes falando de assuntos completamente diferentes, e ela tinha que achar a certa para focar.

Às vezes, tentava organizar os pensamentos em tópicos. Em outras, apenas empurrava todos para um canto e tentava se concentrar no que queria. Quando começava a ter pensamentos que não a agradavam, simplesmente fazia o melhor para fechá-los no cantinho escuro da mente.

Geralmente, conseguia lidar bem com isso e não se incomodava. Quando precisava estudar, abafar a mente com música alta era um bom recurso. E, se não precisasse fazer nada importante, deixava esses pensamentos sobrepostos correrem soltos, o que trazia teorias doidas com as quais ela se divertia discutindo com os amigos.

Essas teorias malucas haviam, no entanto, provocado um pequeno efeito colateral. Depois de imaginar tantas possibilidades para tudo, era impossível que Clara não passasse a acreditar que algumas delas fossem reais.

Assim, a garota tinha certeza de que existia muito mais no mundo do que as pessoas em geral sabiam e eram capazes de compreender. Afinal, se não conhecia e entendia completamente a própria mente, por que deveria acreditar que era real só o que os seres humanos reconheciam no mundo? Por que não deveria acreditar que o universo dela tinha a própria magia, escondida dos olhos ignorantes das pessoas?

Já havia sido tachada de inocente e boba por ter comentado isso antes de aprender quais ocasiões guardar para si. Não que se envergonhasse da própria maneira de pensar, mas preferia não ter que ficar se explicando para pessoas que não estavam interessadas em ouvi-la. A mãe dela costumava dizer que a capacidade da menina de acreditar era um modo de ela fazer mágica. Afinal, Clara acreditava que na vida não existia apenas aquilo que via, e sim muito mais que ainda estava escondido. Que há um mundo além do nosso, que permanece na imaginação por falta de... – não por falta de vontade – ir muito além de um puro desejo de que as coisas mudem, para que, assim, seja possível acreditar que pode ser diferente de como se apresenta.

Para chegar a acreditar em algo, não é possível se deixar abalar pelo que os outros dizem sobre isso. Principalmente se disserem que o que você acredita é infantil. O grande problema da humanidade é simplesmente o pragmatismo do mundo real.

Ou pelo menos era isso que Clara pensava. Mas quem era ela? Uma simples menina do nono ano dizendo qualquer coisa sobre o mundo? Porém, é importante entender que era assim que a mente de Clara funcionava e que isso *sempre* influenciaria a vida dela.

Daqui para a frente e cada vez mais.

Mas infelizmente o mundo não parava enquanto Clara se perdia em pensamentos. Sem perceber, ela havia ficado com os braços erguidos enquanto se espreguiçava. Antes que pudesse abaixá-los, a professora de matemática se dirigiu a ela:

– Sim, Clara, você pode responder à pergunta.

Confusa e tentando entender o que eles estavam aprendendo, Clara virou-se para a amiga sentada ao lado:

– Qual é a pergunta? – sussurrou, e Aline deu de ombros, rindo levemente e voltando a colorir uma imagem do livro de matemática.

Liza, outra amiga, que se sentava na fileira de trás, inclinou-se e riu também. Ela, porém, sabia qual era a tal pergunta.

– Qual é o valor trigonométrico de um ângulo de 30°? – sussurrou, sem que a professora notasse a conversa das três.

– Hã, a resposta é... 0,5? – respondeu a menina, alongando a fala enquanto cantava mentalmente a música que tinha aprendido para decorar o valor.

– Certo! Essa é a resposta, porque... – e ela continuou explicando. A aluna suspirou, aliviada por ter acertado e sentindo a barriga roncar.

O sinal de final de aula tocou pouco tempo depois. Eram 11h05, horário da pausa antes da quinta e última aula do dia. Todos saíram correndo da sala, sem que a pobre professora tivesse chance de passar lição de casa. Clara saiu com as duas amigas assim que o bando de pré-adolescentes se dispersou.

As três foram se sentar para encontrar, no lugar combinado, os outros convidados do aniversário.

Elas eram amigas há apenas um ano. Por coincidência, as outras duas também eram muito próximas de Vini. Liza o conhecia do clube. Aline tinha um irmão que era da turma do irmão dele, por isso se encontravam com certa frequência em festas que os pais os obrigavam a frequentar. Já a amizade delas começou com um trabalho de história logo no primeiro mês de aula do oitavo ano, e desde então se tornaram inseparáveis.

Liza era argentina, mas morava no Brasil havia quatro anos e falava português perfeitamente. Ela tinha cabelos castanhos quase pretos e pele clara, com algumas sardas no rosto. Os olhos eram diferentes entre si, sendo um marrom-esverdeado e o outro verde-claro. Ela e Clara tinham quase a mesma altura, diferentes da terceira amiga.

Aline era bem mais baixa. Tinha o cabelo preto, curto e cacheado, jogado de lado, a pele negra e olhos castanho-mel que sempre carregavam uma expressão levemente entediada atrás de óculos quadrados. As mãos dela estavam enfiadas nos bolsos da calça larga de moletom enquanto

Clara, em meio a mordidas em uma barrinha de cereais, contava para ela e Liza sobre o sonho.

– Bem, nada é impossível... – começou Liza, antes que as amigas a interrompessem.

– Para os mecanimais! – Aline e Clara brincaram ao mesmo tempo, citando a fala de um dos desenhos infantis favoritos delas.

– Eu ia dizer... – Liza esperou um pouco para que parassem de rir – que pode ser que você tenha mesmo recebido uma mensagem de uma alienígena!

– É, e não lembra porque teve uma falha na comunicação! – completou Aline, como se contasse um segredo.

– Caramba, é verdade! Como não pensei nisso antes?

Então desataram a rir mais uma vez com a brincadeira, fazendo Clara se sentir mais leve quanto à sensação deixada pelo sonho.

O assunto foi esquecido quando os demais chegaram e Vinícius começou a contar os planos para assim que acabasse a última aula. Os carros já estavam preparados. Ao todo, eram quinze viajantes, contando os pais, o tio, que iria para ajudar a levá-los, e o irmão do garoto.

Vinícius começou a contar tudo sobre o sítio, e Clara não pôde deixar de criar uma imagem mental de acordo com a descrição do local.

O tempo passou rápido demais, e logo o sinal tocou avisando que teriam que ir para as salas. Todos foram juntos buscar os pertences nos armários. Na turma A, na qual estudavam Clara, Liza, Aline e Marcelo, melhor amigo de Clara e Vini, eles teriam aula de geografia. Os quatro consideravam a matéria fácil, então a animação não iria atrapalhar muito.

A sala já estava uma bagunça, como sempre. Alunos correndo, conversando, perguntando se tinha dever de casa para aquele dia e até cantando. Aline às vezes se irritava com a bagunça da turma, mas Clara gostava.

Para ela, o clima era agradável, sem muitas panelinhas. Por mais que, obviamente, houvesse grupos, todo mundo conversava com todo mundo. Não importava o quanto os professores os trocassem de lugar para separar os grupinhos, no fim das contas eles também acabavam ficando amigos.

Clara, Liza, Aline e Marcelo entraram e, como se estivesse os esperando, o sinal de início de aula tocou um segundo depois. O professor pediu silêncio e, devagar, todos se encaminharam aos lugares. Aos poucos, o ruído foi abaixando até que as conversas ficaram num tom normal.

As três amigas conversaram aos sussurros com Marcelo e o garoto que se sentava com ele, Gustavo. Os alunos estavam mais inquietos do que o normal, como previsto para a última aula logo antes do feriado.

Os piadistas da turma faziam todos rirem de tempos em tempos com tanta inspiração que nem o professor conseguiu se segurar.

Antes do esperado, o dia foi oficialmente encerrado e todos se despediram e correram para a porta. Clara arrumou tudo rápido e mesmo assim foi uma das últimas a sair.

No caminho para o corredor, encontrou Rodrigo e o grupinho, que estudavam em uma sala ao lado. Eles desceram as escadas juntos. Os garotos falavam sobre o próximo jogo de futsal interescolar e perguntavam sobre as meninas do vôlei.

Mariana Barreto Tischler, a mãe de Clara, Malu e Rodrigo, esperava-os impacientemente com a filha mais nova e uma mala de mão para viagens.

– Oi, *mamis* – disse Clara ao chegar perto dela. – Você pode levar minha mochila para casa? Eu tenho que encontrar o restante das pessoas.

– Oi, atrasadinhos – ela os cumprimentou, mas não se movimentou para pegar a mochila. – Eu levo, mas antes deixa eu passar alguns recados. Se cuida, lembra que você é visita, hein? O celular não pega direito lá, mas vou pedir para a Hana me informar sobre tudo, então não faça nenhuma besteira. Qualquer coisa, fala com a mãe do Vinícius e fica sempre perto das suas amigas. Agora pega sua mala e corre lá. Beijos, Cal.

– Beijos. E não se preocupe, vou fazer tudo isso que você disse – garantiu a filha, já acostumada com o discurso. – Conto tudo quando voltar. Manda um beijo pro papai. – Então deu um abraço nela e nos irmãos antes de pegar a mala e se despedir. – Tchau, gente!

– Tchau! – responderam.

E então a menina foi em direção aos amigos que já estavam esperando.

3

A viagem até o sítio

– Ah, Clara, aí está você! – exclamou a mãe de Vinícius quando ela chegou perto do grupo.

Hana Qadir era uma mulher alta, magra, de pele morena e muito bonita. Ela usava um belo *hijab* azul-claro naquele dia, escondendo completamente os cabelos.

Hana, a famosa tia Hana, tinha olhos quase pretos, como os de Vini: com um brilho astuto e ambicioso, mas também rebelde. Era ela quem geralmente organizava os encontros mais divertidos e uma das poucas que conseguiria controlar onze adolescentes soltos no meio do nada.

Segundo as histórias, os pais dela vieram sem nada do Iêmen esperando encontrar em Minas Gerais a oportunidade de uma vida melhor. Lá, tiveram três filhos, sendo a mãe de Vini a mais velha entre eles. Em árabe, o nome Hana significa felicidade, e ela o recebeu em homenagem à nova vida encontrada no país.

Depois de se formar na escola, Hana prestou vestibular para ingressar nas melhores faculdades públicas de administração do país e conseguiu passar na Universidade de São Paulo. Assim, ela se mudou e, durante um estágio, conheceu o marido, Carlos Delgado. Hoje é dona de uma companhia de viagens nacionais em ascensão.

– Você já sabe em que carro vai, certo? – continuou Hana, levando-os até o local onde os carros estavam estacionados. – Porque acabamos de repassar isso, mas qualquer coisa pode perguntar.

– Não se preocupe, tia Hana. Vini já me disse que vou com o pai dele.

– Isso mesmo. Agora vamos indo, porque ainda temos que passar em casa para almoçar rapidinho antes de pegar a estrada.

Clara concordou, trotando para perto das amigas.

– Quanto tempo até a casa do Vini mesmo? Eu tô com fome.

– Você acabou de comer, criatura! – exclamou Liza.

Cal deu de ombros, não se importando muito com o comentário. Ela *estava* em fase de crescimento. Era normal que estivesse com muita vontade de comer.

– Eu te entendo, Come-Come, eu te entendo – disse Ali, passando um braço pelos ombros da amiga. – Acabei de perguntar para a tia Hana, são só dez minutinhos.

Satisfeita com a resposta, a menina de cabelos castanhos voltou a caminhar tranquilamente, analisando o grupo com que andava. Eles poderiam ser separados em quatro categorias.

Os meninos do futsal: Vini Delgado, Celo Cardoso e Rafael Nogueira. Os três jogavam pelo time da escola e eram os melhores da turma deles. Por mais que os "esportistas" tivessem uma fama ruim, certamente não se enquadravam nela.

As meninas do vôlei: Milla Engelmann, Sophie Martins e Laura Ardizzone. Havia dois grupinhos femininos populares no nono ano, o legal e o insuportável. Por sorte, as garotas do time eram consideradas as legais.

Os nerds da turma B: Lucas (Caco) Alves e Guilherme de Queiroz. Vini e Rafa viviam fazendo trabalho em grupo com os dois e, do jeito que Vinícius era, logo nasceu uma amizade verdadeira entre os quatro.

E, por fim, na categoria mais importante, as leitoras da turma A: Liza Zavala, Ali Garcia e Clara Tischler. Elas ficaram conhecidas assim por estarem sempre com um livro diferente em mãos e já terem sido pegas lendo no meio da aula mais de uma vez.

Vini tinha realmente juntado uma turminha bem diversa. Para Clara, não fazia muita diferença. Por mais que não tivesse muito contato com Gui, Lucas e Rafa, era bem amiga dos outros. Marcelo era o melhor amigo dela havia anos, e ela conhecia as outras garotas por ter entrado no time de vôlei no começo do ano, surpreendendo a todos.

Chegando à casa, todos lavaram as mãos e foram direto para a mesa. Com a comida no prato, os onze começaram a conversar e a se enturmar.

– Nossa! Acabei de me lembrar de um sonho muito bizarro que eu tive essa noite! – comentou Sophie, chamando a atenção de todos com aquela animação.

Sophie era a melhor amiga de Clara e a mais antiga também. As duas se conheceram aos 3 anos e foi amizade ao primeiro "Me empresta o giz?". Com o tempo, elas passaram a ter amigas diferentes e se distanciaram um pouco, mas sempre encontravam uma desculpa para se encontrar e conversar de novo. Em uma dessas conversas, Sophie tinha se lembrado de que Cal jogava vôlei e tinha implorado com os olhos castanho-escuros e um biquinho nos lábios sorridentes para que Cal fizesse o teste para levantadora da equipe, alegando que assim poderiam passar mais tempo juntas.

– É mesmo, é? – disse Milla, erguendo uma sobrancelha platinada natural, antes de colocar uma garfada de arroz com feijão na boca.

Milla era um estereótipo de alemã, com pele pálida, cabelos loiros e olhos cor de gelo. Ela era alta como uma modelo e parecia ter passado pela puberdade em um dia, porque Clara realmente não se lembrava de já tê-la visto com espinhas no rosto.

– Sobre o quê? – indagou Marcelo ao mesmo tempo, com os olhos azuis mostrando verdadeiro interesse.

Algum tempo atrás, Cal e Celo tinham perdido a proximidade que costumavam ter. Foi graças a Vini que ela voltou a ser a melhor amiga do garoto que sempre tinha considerado outro irmão. Marcelo tinha cabelos loiros encaracolados e um rosto cheio de sardas. A maior implicância e brincadeira entre eles era a questão de altura, já que a menina ainda era alguns poucos centímetros mais alta.

– Conta logo, So! – Laura voltou a incentivar, cutucando a alemã ao lado, pela fala que poderia ter sido interpretada como deboche se já não a conhecessem.

Laura era uma das mais altas da turma, mas as pessoas não pareciam considerar que tivesse a mesma graça que Milla tinha. Clara continuava considerando-a uma das meninas mais bonitas do ano, com os cabelos pretos cheios e cacheados, a pele negra e os olhos cinzentos que eram únicos dela.

– Se vocês pararem de falar, eu posso começar, né! – respondeu Sophie, prendendo uma longa mecha castanha atrás da orelha.

– Tá bem, tá bem! – concordaram todos.

– Então, eu estava em uma floresta, andando de boa, mas aí, do nada, surgiu um *creeper*, do Minecraft, sabem? Aí ele começou a piscar, porque ia explodir, e eu saí correndo, mas ele veio atrás. Não consegui escapar, e ele explodiu perto de mim. Só que, em vez de dar *game over*, fui parar na propaganda dos pôneis malditos, lembram? E eu era um unicórnio! Então eles me expulsaram do carro e eu acordei – ela terminou fazendo com que os outros rissem.

– Acho que esse vai pra lista dos sonhos mais estranhos que eu já ouvi – disse Aline ainda rindo. Olhou para Clara e continuou, tentando encorajar a amiga tímida a entrar na conversa. – A Cal também tava falando de um sonho que teve hoje, né?

Clara odiava ser o centro das atenções. Não que o pessoal de lá já tivesse feito algo de ruim para ela, mas tinha a sensação de que a estavam julgando, então a insegurança era maior. Ela realmente não queria falar de uma teoria estúpida sobre um sonho, quando sabia que as pessoas ali presentes não a entenderiam.

– Uai, Tischler, não ia contar para a gente o seu sonho por quê? – provocou Vini, bagunçando os cachos castanhos de Clara, como tinha mania de fazer.

Apesar do sentimento dentro de si, Clara não pôde deixar de sorrir com a fala de Vini. Isso a lembrou de uma das conversas de madrugada com Sophie, em que as duas tentaram encontrar personagens que fossem parecidos com os colegas. Elas chegaram à conclusão de que o garoto, no quesito personalidade, lembrava Jake Peralta, mas com um sotaque mineiro de brinde.

– Acredita que eu tinha esquecido completamente, Delgado? – mentiu ela, olhando para Aline.

Ela mexeu os lábios dizendo "desculpa", meio confusa. Clara revirou os olhos e respondeu do mesmo jeito, com um "Deixa". As duas sorriram, e Clara se voltou para o restante do grupo.

Antes que precisasse falar sobre o sonho, no entanto, o pai do aniversariante chegou pedindo para que eles se apressassem um pouco. Já tinham acabado a refeição, então se levantaram e correram para as respectivas caronas.

No carro, Clara se sentou no banco de trás, na esperança de que os amigos já tivessem se esquecido da conversa sobre o sonho. Debruçada na janela ao lado de Milla, Cal começou a assistir a alguns TikToks com a loira, antes que o assunto do campeonato de vôlei que aconteceria na semana seguinte surgisse.

– Então, a ideia é pegar essa música e dançar a coreografia sempre que fizermos um ponto – Milla explicou, enquanto "desenrola, bate e joga de ladinho" tocava repetidamente. – Já que vão ser os últimos jogos do semestre, a gente tem que inovar, né?

– Isso é sério? – perguntou Marcelo, do banco da frente. Milla, Sophie e Clara confirmaram. – E vocês acham que os juízes vão deixar vocês pararem o jogo de vôlei toda vez para fazer isso?

– Deixa comigo, que isso eu resolvo fácil, fácil – Milla deu de ombros. – O importante agora é saber se querem

que eu tente colocar o áudio no ginásio ou se vocês querem só cantar mesmo.
– Tá vendo isso, tio Carlos? Eu não sei lidar com isso aí não. – O menino apontou para elas, balançando os pequenos cachos loiros ao mexer a cabeça.
– Ih, Marcelo, você já devia saber, né? – brincou Sophie, mas a brincadeira tinha um fundo de verdade. – Não tem nada que a Milla não consiga naquela escola.
– Principalmente tendo a Lau como banco de dados, né? – completou Clara. – Juro, não sei como ela consegue saber de tanta coisa se nem fofoca ela faz!
Todos no carro riram e aos poucos deixaram o assunto morrer. Conforme iniciavam uma nova conversa, Cal deixou os pensamentos levantarem voo. Depois de pensar sobre várias coisas, Clara voltou o foco à maior curiosidade que tinha nos últimos tempos.

Por que estou tão fascinada por esse sonho?, Clara franziu as sobrancelhas para os carros que passavam. *Tipo, qual é o problema de ele se repetir? É só mais um sonho esquisito, não?*

E se não fosse só mais um sonho? E se fosse magia? Ela teve vontade de rir da própria inocência, mas em vez disso suspirou baixinho. Ia ser muito legal ser mágica, mas ela não era. Ou, sendo bem otimista, ainda não tinha tido nenhum sinal de que isso pudesse acontecer.

Às vezes, Clara pensava em como seria conseguir realizar feitiços ou adquirir superpoderes. Em algum lugar dentro dela vivia a certeza da existência de pessoas que eram especiais desse jeito. Ela poderia não ser uma delas, mas com certeza existiam. Um dia, iria provar isso, nem que apenas para si mesma.

Com isso em mente, ela ignorou as dúvidas e se ajeitou no banco. Clara olhou para os amigos conversando, checando se não estavam bravos ou tristes por ela não estar conversando também.
Não estava afim de falar naquele momento, mas não queria passar uma má impressão. Confirmou se realmente não estavam chateados com ela, então se recostou na janela e caiu no sono.

4

Sonho ou pesadelo?

O *Sol terminava de se pôr, e as primeiras estrelas despontavam no céu escuro e limpo acima. Ao meu lado havia um grande lago, tão grande que mal se via a outra margem. Ele refletia a luz alaranjada do Sol logo atrás, entre as árvores.*
Inspecionei o lugar à minha volta.
Atrás de mim, uma única trilha abria caminho pelo que parecia uma floresta ou um bosque. À beira do lago, o mesmo grupo que viajava para Itu estava sentado em uma toalha de piquenique. Eles olhavam para mim, curiosos e assustados. Exceto por Liza, que olhava para o meu lado.
Acompanhei o olhar dela e encontrei a jovem ruiva exatamente igual à noite anterior. Ela me estendeu o arco e uma flecha. Mas, antes que pudesse dizer qualquer coisa, eu a interrompi:
– Onde é isto? É lindo. O que eu tenho que fazer com este arco e esta flecha? Por que estou tendo sempre o mesmo sonho? *– perguntei enquanto pegava os objetos que ela oferecia.*
Porque, claramente, uma personagem de meu sonho vai saber a resposta disso. Idiota.
– Atire e acerte o alvo, Maria Clara Tischler – respondeu ela, calma, enquanto eu fazia careta ao ouvir o meu nome completo.
A plenitude dela me incomodava um pouco. Era como se não houvesse mais nada no mundo digno de preocupação

além daquele momento, mas para mim estava óbvio que nenhuma de nós acreditava naquilo.

Não que a expressão dela a denunciasse, no entanto isso nunca me impediu de ler pessoas antes. Me incomodava que, mesmo em um sonho, ela sentisse que tinha que esconder os próprios sentimentos. Há quanto tempo os estaria escondendo?
— Alvo? Que alvo?

Segui o olhar dela para o outro lado do lago (que no caso eu não enxergava) e, do nada, minha visão deu um zoom por entre a cabeça dos meus amigos, atravessando a água e chegando a uma árvore cheia de animais em volta e com um alvo desenhado no meio.

Não me espantei. Era um sonho, e eu aprendi que poderia esperar de tudo neles.

— Aquele — *respondeu a mulher simplesmente.*

— Você tá doida, amiga? Eu não vou acertar aquilo nunca! Nem sonhando, literalmente. Não sou nenhuma Katniss da vida, não. Não acerto nem papel na lata de lixo! Aliás, quem é você? E não me diga America Singer, porque tenho certeza de que os olhos dela são azuis — *eu disse, fazendo-a esboçar um sorriso que logo sumiu.*

Pelo menos meus sonhos tinham um pouco de senso de humor e bom gosto literário.

— Não, Maria Clara, eu não sou ela. Responderei às suas dúvidas, mas antes você tem que atirar — *respondeu a ruiva, com tanta calma que comecei a ficar insegura.*

Quer dizer, ela parecia tão certa de que eu acertaria o alvo, e aquilo me desestabilizava um pouco.

— Por quê?
— Porque sim, apenas atire.

– Não. – De verdade, eu só não atirei porque queria ver o que acontecia. Eu sempre fazia isso em sonhos, por que não fazer neste também?

– É só atirar, criatura. Depois eu explico – repetiu ela, se irritando.

– Não vou atirar até você me contar que droga é essa – cantarolei de volta. Mesmo fazendo piada, algo dentro de mim começou a se preocupar mais do que o normal para um sonho. – O que vai acontecer se eu não atirar?

– Garota, eu estou ficando sem tempo. Ande logo com isso!

Ótimo, mostre suas emoções. Deixe tudo sair, sua ruiva maluca, se é disso que precisa, mas me deixe fora desse seu jogo de arco e flecha.

– Não. Quero. Atirar. – Respondi séria, dessa vez. Estava realmente assustada. E se eu acertasse um de meus amigos? Ou um animal? Mesmo sendo um sonho, eu não iria gostar. – Este sonho é meu, e eu faço o que quiser com ele!

– Isto não é um sonho. É uma visão – me corrigiu ela, como se não conseguisse se conter. – Agora, ATIRE!

Ela estava ficando realmente nervosa. Eu deveria estar fazendo isso? Provavelmente não. Mas já era tarde demais.

– Pior ainda! NÃO MESMO!

– Argh, pelo amor da Fontarbo d'Espero, por que achei que lidar com crianças seria legal? Odeio este trabalho! – resmungou a ruiva.

Então, ela fez um movimento com as mãos. O mundo começou a se fechar sem que eu pudesse fazer nada. A massa escura que vinha em minha direção engolia tudo em seu caminho. A jovem fez outro movimento e sumiu. E eu fiquei sozinha e apavorada. Mas que tipo de sonho era aquele?!

Eu ia ser engolida. Precisava acordar. Precisava fazer alguma coisa.

Tomei um grande fôlego, fechando os olhos e pensando na minha versão que estava fora daquele sonho – ou visão, o que quer que fosse. Senti um solavanco e então...

Clara abriu os olhos, ofegante. Olhando para os lados, ela se viu de volta no carro. Suspirou aliviada, mas percebeu que Milla estava com as mãos nos ombros dela. Sophie a olhava preocupada e Marcelo, que estava no banco do passageiro, se debruçava para a enxergar.

Ah, que ótimo, dormi e passei vergonha – a menina pensou, engolindo em seco. Pelo visto, agora ela teria que contar sobre o sonho. Mesmo que estivesse mais confusa do que nunca.

– Tá tudo bem? – perguntou a recém-acordada, tentando quebrar o silêncio.

– Com a gente tá, mas foi você que começou a se debater e falar "Para, para, para" enquanto dormia – respondeu Marcelo com a voz angustiada.

– Demorou um monte para conseguirmos te acordar – continuou Milla.

– Desculpa, é que eu tive um sonho... – Os três a fuzilaram com os olhos. – Ok, ok, estava mais para um pesadelo. Mas estou bem, só me assustei.

– Quer conversar sobre isso? – perguntou Sophie, sorrindo carinhosamente.

– Não precisa, não é nada de mais.

— Tem certeza de que está bem, Clara? – perguntou Carlos, um pouco preocupado. Quando a garota confirmou, ele continuou: – Bem, você sabe que, se precisar, pode falar conosco. De qualquer forma, queria avisar que chegamos.

— Ok, obrigada, tio – disse Milla com um sorriso e depois mais baixo para Cal – Comigo não rola essa história de "não foi nada de mais". Mais tarde, você conta tudo para a gente no quarto das meninas, tá?

Clara concordou, sem ter alternativa. Marcelo parecia tão feliz com a ideia quanto ela e virou-se para sussurrar também:

— Ei! Eu também tô aqui e quero saber!

Milla olhou para Cal, perguntando com os olhos o que ela queria fazer. Um pouco sem graça, negou com a cabeça.

— Desculpa, mas não é culpa nossa que você não é menina. – Milla encerrou o assunto ali.

O pai de Vinícius estacionou o carro, e os adolescentes saíram. Ninguém disse nada sobre o assunto, e Clara ficou feliz com isso. O único comentário feito sobre a viagem da menina foi que ela dormira durante todo o percurso. O restante riu e disse o nome de outros que fizeram o mesmo.

Antes de seguirem em frente para o sítio, Cal segurou Marcelo um pouco. Ele estava meio bravo por ser deixado de lado, entretanto a garota tinha certeza de que ele entenderia. Mesmo assim, sentia que devia uma explicação a ele.

— Foi só um pesadelo, Celo, nada de mais. Você conhece a Milla, ela faz tempestade num copo d'água.

— Pelo jeito que você estava, não era um *só* pesadelo. Quero saber o que é para te ajudar.

– Você me conhece, eu sempre tenho sonhos estranhos. Só que dessa vez ele foi um pouco mais assustador. – Isso não era completamente mentira.

– Essa é a questão, eu te conheço, e não acho que seja só isso. Mas não vou te obrigar a falar comigo, se não quiser. Sei que a gente se afastou um pouco, então... – Ele não parecia muito convencido de que ela estava bem, mas, como sempre, a deixou em paz. – Só me avisa se quiser falar sobre.

Então ele saiu andando rápido, e Clara foi caminhando atrás. Liza a encontrou e a olhou confusa. Podia ser impressão, mas havia algo muito errado nessa confusão toda. Porém, Cal sabia que o único jeito de descobrir do que aquilo se tratava era ir a fundo no assunto. E ela estava muito curiosa para desvendar o próprio mistério.

5

Por favor, acreditem em mim!

Eles pegaram trânsito e acabaram levando quatro horas para chegar ao destino. Carlos e Hana insistiram para que os adolescentes fossem guardar as coisas antes de descerem para jantar e cantar parabéns, mas Vinícius os convenceu de que seria bom que os amigos conhecessem o local primeiro.

Por esse motivo, estavam andando sozinhos por um ambiente semiescuro, com apenas uma pessoa que sabia se guiar, em um sítio que não chegava nem perto de ser pequeno.

Para começar o passeio, o garoto aproveitou o finalzinho de luz do Sol para seguir uma trilha e chegar a uma quadra no limite interno da propriedade. Continuando na mesma trilha, voltaram para o centro do sítio, onde ficava o estacionamento e um caminho que levava até a casa.

Havia outra trilha, mas ela passava por dentro de um bosque mais denso que cercava o sítio. A luz já estava escassa, e no mato dava a impressão de ser ainda mais escuro, então resolveram não correr riscos, mesmo que o menino afirmasse conhecer as redondezas como a palma da própria mão.

Ninguém disse nada, porém nenhum deles confiava muito no senso de direção de Vini depois de um episódio em que ele literalmente acabou do outro lado da cidade em uma excursão escolar.

Quando deram a volta e passaram a andar em direção à grande casa que ficava logo atrás do estacionamento, no centro de tudo, Clara permaneceu um pouco parada.

Quando ela se deu conta de que os amigos estavam se distanciando, correu para alcançá-los. Ela não sabia o porquê, mas aquele lugar a dava um *déjà-vu*. Balançou a cabeça negativamente para si mesma. Ela estava realmente começando a ficar estranha.

Ao chegarem à casa, Vini os mostrou toda a construção, que devia ser do século 18, desde o hall de entrada até os cômodos mais acima, antes de levar os amigos aos quartos compartilhados.

As meninas foram para o último cômodo do corredor, e os meninos para outro, que ficava em um corredor à esquerda. Milla e Sophie estavam praticamente empurrando todas para dentro; os outros estranharam a pressa.

Lá dentro havia quatro camas de solteiro, duas de um lado e duas do outro, além de dois colchões, um de cada lado, entre as camas. Do lado contrário à porta, tinha uma janela grande e fechada. E, no canto mais afastado do quarto, ficava um armário de madeira escura, assim como o piso.

Elas deixaram as malas em um canto ao lado do armário e se sentaram aleatoriamente nas camas. Ninguém disse nada por um tempo. Clara olhou incrédula para Milla e Sophie, que de repente tinham resolvido se calar.

– Ok, se ninguém vai falar, eu falo – começou Laura, enquanto prendia o cabelo em um coque frouxo.

– Falar o quê? – perguntou Aline, deitando-se no colo de Liza, que riu e começou a fazer cafuné nela.

– Que tem alguma coisa errada! – Continuou, e a Sonhadora não sabia por que ainda se surpreendia com a rápida percepção dela. – Qual é, gente, vocês não estão vendo? Para começar, Clara está mais distante do que o normal. Ela tem esse jeito meio avoado mesmo, mas quase não falou nada o dia todo! Depois, você ficou bem desconfortável quando a Ali falou do sonho. Além de que, quando chegamos, Milla disse que a Cal dormiu a viagem toda, mas até o tio Carlos estava olhando preocupado para ela. Não acham isso nem um pouco estranho?

– Na verdade, era exatamente sobre isso que queríamos falar – comentou Milla, piscando lentamente.

– Não foi nada, é sério! – Sophie bufou com o pouco-caso dela. – Mas se vocês querem tanto falar disso... – Clara mexia nervosamente nos dedos.

– Queremos – interrompeu Sophie, desistindo de ser doce e passando para um modo mais rude.

– Desculpem, só que simplesmente parece algo idiota para discutir com vocês. – explicou Clara, cutucando as unhas para evitar olhar alguém.

– Sai dessa, Clara! – disse Aline, tirando sarro dela. Cal revirou os olhos, mas deu um sorriso, acostumada com o jeito dela. – Amiga, a gente já te acha estranha, mas é por isso que gostamos de você. Agora larga de breguice e explica logo o porquê de toda essa confusão.

As garotas riram do comentário, e Clara deu início à narrativa. Apesar de algumas interrupções breves, continuou contando a história.

Quando terminou, as meninas refletiram um pouco sobre o que foi dito e recapitularam algumas partes não compreendidas. Depois disso, ficaram em silêncio por mais um tempo, pensando.

— Então, resumindo — disse Laura, quebrando o silêncio novamente, soando um pouco incrédula — ... a Clara tá tendo sonhos bem reais, que na verdade são um só. Nele, ela interage, mas não pode fazer o que quiser porque, teoricamente, é essa Ruiva Maluca quem controla tudo. E ela está mandando você atirar no alvo, mas você não atira porque tem medo de acertar em alguém, mesmo se tratando de um sonho. Como você se negou, agora ela está brava com você.

— Na verdade, segundo a garota, não é um sonho, e sim uma visão. Então é algo que pode acontecer ou que já aconteceu — corrigiu Milla, mordendo o lábio inferior. — Quer dizer que, se ela falou a verdade, se a Clara errasse, no futuro ela acertaria alguém.

— Ou não no futuro. Poderia ser tipo uma realidade paralela criada com um objetivo único — disse Aline, e todas olharam para ela meio confusas. Ela suspirou e tentou de novo: — Olha, se essa moça te mostrasse o futuro, ela estaria diretamente manipulando o espaço-tempo, possivelmente com uma brecha. Se ela criasse essa realidade paralela, ela não precisaria estragar muito a realidade, apenas o bastante para mostrar a visão. Ela teria criado uma versão alternativa do nosso futuro, próxima o bastante, porém para que fosse levada a sério.

— Elas não estão entendendo nada — falou Liza, cutucando a garota. — Fala em português, Aline.

— O que eu quero dizer é que, com essa nova realidade, que ela teoricamente poderia criar, se a Cal errasse, não mudaria nada na nossa vida real. Porque foi tudo inventado – ela passou a falar devagar, como se as outras fossem idiotas. – Para se parecer com o nosso mundo, mas não é! Entenderam? E a Cal disse que, antes de a massa escura vir, a Ruiva Maluca fez um movimento calculado. Então, a massa pode ser tipo a destruição do paralelo.

– Ahhhh! – exclamaram as amigas, finalmente compreendendo alguma coisa.

– Você poderia ter dito isso logo de cara. Ia ser mais fácil – afirmou Sophie, erguendo as sobrancelhas.

– Então, mesmo que eu errasse... não importaria? Não seria real? – perguntou Clara, por fim.

– Bem... Seria, mas em uma realidade que foi criada para isso e logo depois seria apagada – respondeu Aline, indignada por ter que usar uma linguagem tão básica para falar sobre realidades paralelas.

– Faz sentido, eu acho – contemplou Laura, franzindo a testa. – Nossa, isso foi meio nerd.

– Mas o que eu deveria fazer então? – perguntou a menina, ignorando o comentário anterior. – Se eu atirasse, o que iria acontecer? E por que eu estou tendo o sonho?

– Isso eu não sei. Mas, obviamente, não é de verdade. Clara, sem querer cortar o seu barato, mas isso seria... magia. É uma teoria maluca com física quântica envolvida. Não é real, é só um pesadelo que você está tendo por causa do seu subconsciente.

– Vocês não entendem! – Clara exclamou, olhando para as amigas. – É diferente, ok? Eu sei como é um pesadelo e eu sei qual é a sensação. Não é igual! Por favor, vocês não precisam entender, mas acreditem em mim quando eu digo que isso não é só um sonho. Por favor, acreditem em mim!

Elas se entreolharam, deixando um silêncio desconfortável cair sobre o quarto. Clara suspirou, olhando os próprios pés e engolindo o choro de vergonha

— Viram? Foi por isso que eu não falei nada. Agora vocês acham que eu sou idiota, porque eu tô falando de realidades paralelas e magia na vida real.

— Não, Cal... Eu acredito em você – disse Liza. – É muito estranho, mas acredito se você diz que algo está errado. Então vamos descobrir o que o sonho significa, quem é a Ruiva Maluca e por que você teve essa... visão.

Aos poucos, as outras garotas concordaram com Liza. Ainda sem saber onde esconder o rosto de tanta vergonha, Clara murmurou um agradecimento, mesmo que elas não tivessem acreditado nela. Estavam apenas com pena demais para continuar discordando. Mesmo assim, Sophie perguntou:

— Então, por que vocês acham que só a Clara teve esse sonho se todos nós estávamos aparecendo nele?

— Não sei – respondeu Laura, pensativa. – Deve ter algum padrão, alguma coisa que ela tem que nós não temos.

— Mas o que seria? Temos muitas diferenças para achar um padrão. Precisaríamos de mais dicas – ponderou Sophie novamente.

— Hum, temos que ir testando e ver se descobrimos algo.

Elas continuaram debatendo e, em algum momento, os olhares de Liza e Clara se cruzaram de novo. De imediato, a garota viu que Liza parecia tensa. Ela abriu a boca para perguntar, porém foi subitamente interrompida.

6

Por que estão tão esquisitas?

— E aí, meninas, o jantar vai ser daqui a pouco. Mas enquanto isso os caras pediram pra chamar vocês pra conversarmos — disse Lucas, entrando no quarto sem bater.

Nem é preciso dizer que travesseiros voaram nele.

Lucas era muito inteligente, lógico e racional, mas às vezes podia ser extremamente ingênuo. Marcelo brincava que ele era o motivo de Vini e Rafa conseguirem passar de ano sem recuperação e sem muitos castigos. Isso porque era sempre o pobre Lucas quem os forçava a estudar e os defendia dos professores quando faziam algo errado. Um simples exemplo foi o incidente da sala inundada de *slime* no ano passado e como todos os envolvidos saíram ilesos da brincadeira.

— Sério, Lucas, você não pode entrar assim! — gritou Milla. — Alguém poderia estar se trocando!

— Certo, desculpe, mas vocês não estavam, então vou continuar. — Elas reviraram os olhos, mas não quiseram discutir. Lucas sentou-se em uma cama e perguntou: — Sobre o que estavam falando?

Ao mesmo tempo, todas elas deram uma desculpa diferente.

— Hum... — emitiu ele em resposta, estranhando o comportamento nervoso delas.

Nesse momento, os outros chegaram, e o assunto foi esquecido. Conversaram, como sempre, um pouco sobre tudo. Porém, metade do grupo estava distraída e até meio aflita, e a conversa não rendeu muito.

Como se o destino tivesse escutado as preces de Clara, poucos minutos depois o irmão de Vinícius, Felipe, chamou-os para jantar. Eles comeram e ficaram jogando conversa fora, mas nada tão animado quanto de manhã.

Quando todos acabaram de comer, as meninas se levantaram e foram para o quarto. Aline estava fechando a porta quando Guilherme a parou, com os meninos logo atrás dele.

Marcelo estava mais atrás do grupo, com as mãos no bolso em uma pose despreocupada, mas não conseguia enganá-la. Clara podia ver a curiosidade e a ansiedade brilhando nos olhos claros do melhor amigo.

– O que foi? – questionou Aline com a sobrancelha erguida.

– Queremos saber o que tá acontecendo – respondeu ele, soltando a porta.

– Estamos cansadas. Só isso. – Milla suspirou e revirou os olhos, que pareciam tão frios quanto gelo, e não deixou que protestassem. – Boa noite.

Ela fechou a porta com tudo, porém sem fazer muito barulho, se é que isso é possível. Clara odiava mentir e fazer com que as outras mentissem por ela. Mas, naquele momento, agradecia por estarem fazendo isso. Não queria passar por aquilo de novo.

Além de que, se Clara estivesse certa e o sonho fosse algo mais, eles confundiriam a linha de raciocínio que elas já tinham elaborado. Duas cabeças pensam melhor do que uma, só que dez cabeças são demais.

O que aquilo tudo significava? Por que Cal estava com tanto medo de um "sonho bobo", como as outras chamaram? Nenhuma delas sabia. Mas não saber não a impedia de ficar impressionada e com um pressentimento ruim. Uma hora elas iam conseguir desvendar o mistério. E, quando isso acontecesse, Clara provavelmente riria por ter se preocupado à toa.

Naquela hora, era melhor que dormissem. Com a cabeça descansada, pensariam melhor na manhã seguinte.

Clara foi para a cama ao lado de Liza. Ela pensou em questionar a amiga naquele momento, porém logo a visão dela se escureceu e ela foi atraída por um sono sem sonhos.

Só hoje.

Ela dormiu em paz naquela noite. Uma noite de trégua. Ou seria uma preparação para algo maior? Não importava. Dessa vez, ela iria descansar.

7

A invasão de quarto

Quando a porta se fechou, os garotos permaneceram parados por alguns instantes. Depois de se recuperarem do grande fora que levaram, Marcelo se aproximou e colocou a mão na fechadura para abri-la. Antes que conseguisse terminar de girar, Vinícius o impediu.

O garoto mandou que as deixassem em paz, mesmo que ele também estivesse curioso. O que elas estariam escondendo? A primeira coisa que lhe veio à mente foi algo bobo, como alguma delas ter uma quedinha por alguém novo.

Se fosse assim, uma menina teria que gostar de Vinícius ou de um dos amigos dele. Porque não faria sentido não contarem se não fosse por isso.

Mas eram garotas. Ele não fingia entendê-las. Marcelo não parecia pensar o mesmo. Se ele, que geralmente era quem insistia para que as deixassem em paz, estava prestes a abrir a porta, deveria haver algum motivo.

Celo estava soltando a maçaneta, mas Guilherme o interrompeu. Ele queria saber o que estava acontecendo, como todos, mas era o único que diria abertamente. Era curioso e impulsivo demais, além de ter um temperamento forte. A soma dessas características era, muitas vezes, o que os metia em confusão: como aconteceria se eles entrassem no quarto das meninas sem autorização.

Vini não era doido de se arriscar a ficar frente a frente com o olhar mortal de Milla ou de Ali. Não mesmo.

– Qual é? – disse ele, baixo o suficiente para que elas não o ouvissem. – Qual é o problema? Por que elas estão tão quietas assim?

– Eu também quero saber, mas elas não vão dizer nada se você ficar insistindo – ponderou Vini, passando a mão pelo rosto moreno.

– É verdade. É sempre assim. Elas têm um segredo, não querem nos contar, você fica irritadinho e insistindo, ninguém fala nada e você é o último a saber depois – comentou Caco, com um jeito meio indelicado.

– Hahaha – riu Gui com ironia, achando que era mentira. Não era. – Mas, sério, vocês não querem saber o que tá acontecendo?

– Eu quero – respondeu Marcelo e suspirou balançando a cabeça, parecendo um pouco decepcionado consigo mesmo. – Mas o Vini e o Caco têm razão. Em breve elas falam.

– E, se não falarem, não é nem da nossa conta – Lucas deu de ombros. Como Milla costumava dizer: "Um exemplo de futuro homem!".

– É, deve ser só o novo garoto de quem a Milla gosta – disse Rafael, com a mesma suspeita de Vinícius.

– Ah, outro dia ela comentou isso comigo também – lembrou Lucas, encostando-se na parede e semicerrando os olhos azul-safira. – Perguntei sobre o garoto de que Milla gostava e ela me respondeu que já estava em outra.

– Típico! – Marcelo riu. Todos sabiam que, no quesito romance, Milla se desapegava de pessoas tão rápido quanto se apegava a elas. Mesmo assim, Vinícius queria ser uma dessas pessoas.

– E... ela disse quem era? – perguntou Vini, tentando soar desinteressado.

– Não, foi mal cara, eu só tinha perguntado porque a gente tava esperando pra ir embora e queria puxar assunto – respondeu Rafael, os olhos escuros transmitindo simpatia.

– Bem, se não vamos fazer nada, então vamos voltar pro quarto. Aqui tá frio. – disse Vini, querendo trocar de assunto.

– Esperem – manifestou-se Gui. – Vamos só escutar... pra ver se dizem algo sobre esse assunto mesmo ou se é outra coisa.

– Mano, eu *realmente* acho que não... – Vini começou a falar, mas foi interrompido por Marcelo.

– Não custa nada, eu acho – Vinícius o encarou, achando estranho que Marcelo estivesse concordando com aquilo.

O que está acontecendo?, ele se perguntou.

– Tá, tanto faz. Só que, se elas pegarem a gente, vocês dois que vão ficar de distração enquanto nós corremos – disse Vini, enfim, e todos encostaram o ouvido na porta simples de madeira.

Os garotos se concentraram e ficaram naquela posição por alguns instantes, até serem tomados por um silêncio completo.

Literalmente.

Não havia som nenhum vindo do quarto em frente. Nenhum som, a não ser o de respiração e ronco. Depois de mais algum tempo quietos, eles se entreolharam.

As meninas estavam... dormindo? Já? Logo elas, que geralmente passam a noite em claro? Não era possível! Se bem que elas realmente pareciam cansadas.

O curto intervalo que Vini tirou para pensar nisso foi suficiente para o estrago ser feito. Quando ele voltou a prestar atenção nos amigos, a porta já estava entreaberta. Antes que qualquer um pudesse impedir, Gui entrou no quarto. A abertura inicial era muito pequena para o garoto maior, que se arriscou a aumentá-la. Os outros o seguiram, relutantes, a maioria murmurando sobre serem jovens demais para morrer. Os amigos entraram quase sem respirar, para que não fossem pegos.

Espalharam-se e foram em direção a camas diferentes, podendo, assim, agilizar o processo. Alguns minutos se passaram antes de se certificarem de que elas estavam, de fato, dormindo. E num sono bem pesado. Certamente, teriam que esperar até o dia seguinte para saber o que estava acontecendo.

Os garotos saíram em fila. Por estar mais longe da porta, Vini acabou sendo o último. Eles caminhavam devagar, então ele aproveitou para dar uma olhada em volta.

Era uma cena engraçada. Laura dormia toda esticada na cama, Milla estava na do lado, com os cabelos bagunçados e o corpo meio retorcido. Entre as duas, no colchão, dormia Sophie, que havia jogado os cobertores aos pés e babava.

Espelhando-as estavam Aline, com tantos cobertores que parecia uma bola de pelos; Liza, encolhida e com a ponta do dedão na boca; e Clara, jogada na cama de qualquer jeito, murmurando em um sono agitado. Vini não conseguiu segurar uma risadinha.

Vini se voltou para a frente a tempo de perceber que todos já haviam saído, menos ele. Assim que passou pela porta, Rafa a fechou. Estavam todos o esperando. Ele havia demorado muito?

— O que foi? — perguntou o garoto, sussurrando.

— Nada, mas elas realmente estavam dormindo, então por que ficou parado? — perguntou Rafa.

— Desculpa aí. É que vocês estavam indo tão devagar que eu me distraí — respondeu, indo em direção ao quarto.

Sem dar muita importância, Gui os chamou para voltarem para o quarto, visivelmente decepcionado por não terem descoberto nada.

Entraram no quarto e se trocaram. Logo depois, sentaram-se nas respectivas camas, que combinaram durante o jantar, e falaram besteiras até que mais nenhum deles conseguisse se manter de olhos abertos.

8

Que comece a Caçada!

Na manhã seguinte, os garotos levantaram às 8h, assustados.

Ao amanhecer, a luz do Sol entrou pela janela que eles tinham esquecido aberta. Os pássaros cantavam uma melodia que não se ouvia na cidade grande. O ar matinal estava frio e úmido, e o vento vindo da janela não ajudava em nada. O cheiro do café da manhã preenchia o quarto. E nada disso os havia acordado.

Mas as meninas rindo à porta, sim.

Elas os *rolaram* para o chão e jogaram ovos e farinha na cabeça deles. As meninas riam tanto que chegou um momento em que não se aguentavam mais em pé. Vinícius, ainda sonolento, mal conseguia raciocinar.

O que elas estão fazendo?, pensou ele, tentando limpar os olhos.

Nesse momento, fitou uma sombra atrás das garotas, que ainda estavam de pijamas, e viu a própria mãe gravando tudo e sorrindo.

É uma pegadinha, concluiu ele, revirando os olhos por não ter previsto isso.

Logo todos estavam rindo. O som familiar tomou conta do cômodo, e se passaram alguns minutos antes de conseguirem cessar completamente os risos.

O grupo se levantou aos poucos. Hana já tinha parado de gravar e deu um beijo na bochecha suja do filho, desejando um feliz aniversário. Ela também entregou a ele uma carta, que ele guardou no bolso rapidamente, sabendo do que se tratava.

Com o rosto gosmento, Vini saiu do quarto em meio aos outros. Por entre conversas, risos e desejos de feliz aniversário, Milla o encontrou e passou a mão no rosto dele, espalhando ainda mais aquela meleca. Ele olhou com cara de "É sério isso?" para ela, que apenas riu da reação. Ele deu um sorriso bobo em troca, vendo-a se afastar escada abaixo.

Todos desceram as escadas, meio correndo, meio andando, meio pulando pelos degraus. Ao chegarem à cozinha, que ficava quase do outro lado da casa, deram bom dia, serviram-se e sentaram-se à mesa.

Tomaram o café da manhã devagar, conversando normalmente e animados. Tinham deixado de lado as incertezas do dia anterior. Não tinha como saber, mas Vinícius acreditava que aquela não seria a última vez que o assunto viria à tona.

Seja lá o que tivesse acontecido, não iria passar de um dia para o outro. Porém, ele preferia que todos continuassem fingindo que nada tinha acontecido.

Ele tinha algo planejado para o dia, então era melhor que os amigos estivessem verdadeiramente empolgados, porque o que iriam fazer era um pouco... incomum.

Assim que acabaram, os adolescentes subiram para terminar de se arrumar e, no caso dos garotos, tomar um banho. Ao ficar pronto, Vini esperou todos no corredor.

Aos poucos, juntaram-se com a roupa trocada e limpos. As últimas a chegar foram Liza e Clara, que receberam uma salva de palmas pela demora.

Vini pensou ter visto algo diferente passar pelos olhos das duas, mas ignorou e os guiou pela casa.

Chegando ao hall principal, alguns foram em direção à porta, mas ele passou reto. Dando a volta, Vinícius os direcionou para um cômodo praticamente vazio, ocupado apenas por alguns móveis velhos e uma porta nos fundos.

O resto do grupo se entreolhou confuso, e o anfitrião deu o famoso sorrisinho lateral que fazia professores se desesperarem, o que fez com que todos rissem.

– Por que nós vamos sair por trás? – pergunta Ali, confusa.

– Você não disse que os fundos eram inacessíveis? – questionou Lucas, e todos os outros concordaram.

– Sim, é inacessível por fora – respondeu, aumentando o sorriso.

– Mas por dentro... – completou Laura, com um indício de sorriso e negando com a cabeça, provavelmente pensando quais eram os planos de Vini.

– Vamos entrar?! – perguntou uma Liza animada.

– A ideia é *sair*, mas sim.

– O que tem lá? – perguntou Sophie.

– Na verdade, eu não sei.

– Não sabe?! – exclamaram todos juntos.

– É. Essa porta está trancada desde que minha família comprou o sítio. Isso faz séculos. A entrada está fechada desde a época da construção.

– Um segundo – disse Rafa, tentando entender –, você disse que a porta está trancada. Então, como vamos abri-la?

– Essa é a questão.
– Vamos procurar... – sussurrou Clara, manifestando-se pela primeira vez no dia.
– Quê?! – gritou Marcelo para ela falar mais alto. Ele sempre a provocava por falar baixo. Na verdade, ele sempre a provocava por tudo.
– VA-MOS PRO-CU-RAR! – gritou ela de volta no ouvido dele.
– Isso é sério? – indagou Milla, rindo, mas Vini assentiu com a cabeça. – Vamos procurar o quê, afinal? Uma chave?
– Basicamente – respondeu o outro. Ele ficou ainda mais animado quando viu a cara de confusão deles.
Basicamente?, todos se perguntaram.
– Onde?
– Bem, como eu disse, esta casa está na minha família desde sempre, e a porta dos fundos está trancada desde a época em que os compradores do terreno ainda estavam vivos. A história é uma lenda na região, passada de geração em geração – o garoto começou a explicar. – Antes de morrer, minha bisavó contou a mim e ao meu irmão que essa porta nem sempre esteve fechada. – Vinícius adotou então um ar de sabedoria para contar o resto. – Reza a lenda que o filho do primeiro dono da casa a trancou quando o herdeiro dele mal passava de um bebê e escondeu a chave em algum lugar por aqui, sem explicar a ninguém. Quando a criança completou 14 anos, recebeu do pai uma carta com um enigma. O enigma falava sobre a chave e o que haveria atrás da porta, contando uma história que ele deveria decifrar. O menino passou a procurar a chave

em todos os lugares, porém nunca decifrou a charada, pois não tinha ideia de por onde começar.

Àquela altura, os adolescentes estavam apoiados nas paredes e concentrados na história, parecendo querer saber mais. Exatamente como Vini desejava.

Vini sabia que tinha o dom de fazer com que as pessoas prestassem atenção nele. Ele falava como se cada assunto fosse o mais importante do mundo. Encenava e fazia gestos, deixando tudo mais visual.

– A cidade toda, na época ainda uma pequena vila, ficou sabendo do desafio, e a história se espalhou. Todos queriam entender os motivos daquilo e queriam a porta aberta, por alguma razão que se perdeu ao longo dos anos. Mas, conforme crescia, o garoto perdia o interesse, até que um dia pareceu se esquecer completamente do enigma, e a carta sumiu.

Um coro de "Hã?" e "Como assim?" preencheu o ambiente.

– Os irmãos ou as irmãs dele passaram pelo mesmo processo, sempre aos 14 anos, e sempre acabavam perdendo o interesse. Enfim, o cara se casou e teve filhos e, quando chegou a hora, ele também herdou a casa e, consequentemente, a porta. Quando os filhos dele completaram 14 anos, ganharam a carta com o enigma, mas também não conseguiram realizar a tarefa. Isso se tornou uma tradição. Alguns mal passaram da primeira fase, enquanto outros, como a minha bisavó, conseguiram alguma coisa, mas nunca conseguiram chegar até o final e abrir a porta. – disse e depois anunciou, pegando um papel do bolso. – Beleza, o trem é: hoje completei 14 anos, como eu espero que vocês saibam, e recebi a carta agora de manhã. Me disseram que eu poderia pedir ajuda e pensei que talvez fosse divertido se tentássemos resolver isso juntos. Ainda não li nada, achei melhor deixar para lermos todos juntos.

– Então vamos fazer parte de uma caça ao tesouro de verdade? – perguntou Clara, empolgada.

– Se vocês estiverem afim, então sim – eles se entreolharam por um instante.

– Está mesmo perguntando? – disse Liza. – Parece incrível!

– É, vamos tentar! – estimulou Sophie, olhando de lado para Cal, que estava saltitando de alegria.

– O que estamos esperando, então? – perguntou Guilherme, convencido e dando um tapinha no ombro do amigo.

– Legal! Vamos! – chamou Vinícius, por fim.

Mal sabiam eles que uma pequena brincadeira mudaria a vida deles para sempre. Que comece a Caçada!

9

A confusa carta de Elena

Os onze adolescentes derraparam, quase caindo em cima da mesa da sala de jantar. Sem esperar um segundo, debruçaram-se sobre a mesa, e Vinícius abriu a carta. Ele se atrapalhou um pouco por conta da pressa, mas conseguiu acomodar o papel para que ficasse legível a todos.

Clara tinha dificuldade em acreditar que estava realmente fazendo parte da Caçada a um objeto que sumira havia séculos. Mais que isso: estava buscando a resposta para um segredo escondido a sete chaves. Ou uma só, no caso. Mas muito bem escondida.

Com a empolgação para descobrir mais sobre o que havia atrás da porta, ela até mesmo se esquecera da conversa com Liza. Elas eram sempre as últimas a chegar, então ninguém desconfiou. Porém, mais tarde, as meninas teriam que conversar.

Pelo sorriso estampado no rosto de Vinícius, ele também estava animado. Afinal, era uma tradição de família, e ele estava decidido a ser o primeiro a concluir a Caçada. Era um grupo grande e determinado, então isso devia ser uma vantagem.

O tal enigma estava escrito em prosa e provavelmente com nanquim, a julgar pela cor e pela data. A letra rebuscada era pequena, mas legível. O papel estava amassado e se despedaçando, porém isso não interferia na leitura. No final da carta, um carimbo havia sido deixado perto da assinatura. Ele mostrava, de um lado, metade de uma árvore que se misturava com um Sol que aparecia do outro lado, tudo cercado por um triângulo.

Eles puseram-se a ler, fazendo caretas. Não fazia sentido. Aliás, o conteúdo fazia, apesar da linguagem arcaica e de algumas frases parecerem soltas no texto. A questão é que não tinha uma charada. Era mais como um conto pela metade ou uma carta destinada a uma velha amiga.

Na hora mais ardente de um dia, encontra-se um grupo à espera dos seus. Cabelos vibrantes como fogo, olhares tão misteriosos quanto florestas e com mais poder nas veias do que estrelas que salpicam o céu. É uma pena que, mesmo indo todo dia ao seu encontro, nunca mais apareceu.

Da última vez que o vi, tínhamos 25 e 30 anos. Ambos muito velhos para o nosso povo, mas eu... Nunca havia conhecido alguém como ele. Ele era especial. Sim, era especial em muitos sentidos, mas, principalmente, era especial para mim.

Meu melhor amigo, meu vizinho, meu companheiro. Por sorte minha, o terreno de sua família era o mais próximo de nossa aldeia. Isso significava que eu sempre tinha uma desculpa para vê-lo. Pois, nos fundos da grande casa, havia uma passagem por onde o rapaz fugia todas as manhãs e voltava apenas para o jantar.

Mas era perigoso deixar-nos expostos assim. Portanto, o garoto fez duas chaves. Uma para ele e uma para mim. E trancou todos os indesejados para fora de nosso mundo.

A Caçada de Elena

Aos 25 anos, ele começou a nos esquecer, a mudar. Tristeza não chega perto de definir o que senti... Mas poderíamos ao menos ficar juntos, enfim.

Qualquer relacionamento romântico entre nosso povo era estritamente proibido. Por esse motivo, não poderíamos comentar sobre nosso amor com ninguém. Eu era considerada a solteirona da vila, mas não importava, porque nós ficaríamos juntos no fim.

No dia em que ele finalmente deixou de aparecer na aldeia, porém... Havia outra em meu lugar.

Não aceitei a situação e fui ao seu encontro. Queria uma explicação, um motivo para ter sido tão cruelmente abandonada. Entretanto, tudo o que consegui foi a decepção de compreender que, junto de suas memórias de nosso povo, haviam-se ido as lembranças de mim também.

Por mais que eu odeie esta realidade na qual ele desatou sua vida, tenho que admitir que era um casamento feliz. Teve quatro lindos filhos, junto de sua maravilhosa esposa, um menino, o mais velho, e três meninas.

A caçula, para minha surpresa, até mesmo recebeu o meu nome! Não cheguei a conhecê-la, mas aquilo era um sinal, não era? De que meu amado não havia me esquecido completamente.

Quando seu filho completou 3 anos, não pude me impedir. A idade da Iniciação havia chegado. Fui até a porta e abri com a minha chave. Encontrei-o com o filho em frente a ela. O garoto tinha os nossos olhos... Era tudo de que eu precisava como confirmação de minhas suspeitas. Se tivesse uma fração do poder do pai, seria poderoso demais. Se pudesse ao menos levá-lo para o treinamento...

Dei um passo à frente e meu amado, meu melhor amigo, empurrou-me. Tentei explicar, tentei lembrá-lo, mas ele não me deu ouvidos. Trancou a porta e fechou a passagem por fora. Não ousei abrir a porta novamente e me dirigi à aldeia, meu lar.

Não me permiti pensar no que havia feito. Eu assustara o homem, e agora sua linhagem acabaria em segredo comigo. Uma nova rainha me substituiria e seria nosso fim. O fim de nossa história. O fim de tudo.

Não irei permitir. Este será o início de uma nova era, à qual sobreviverei para governar.

Por enquanto, tudo o que farei para ajudá-lo é escrever e esperar que seus descendentes sejam poderosos o suficiente para entender, sem explicação, entre os 14 e 15 anos, os últimos anos para a entrada na aldeia, ou até que deixem de acreditar.

Boa sorte na vossa Caçada, aguardo-os depois do fim.

Sua Majestade,
Rainha Elena M. Torres

Os adolescentes piscaram, confusos. Por onde começar? Um povo? Uma aldeia? Poderes e olhos? Uma iniciação? O que uma coisa tinha a ver com a outra?

Certo, pensou Clara, *então é uma história sobre duas pessoas, Elena e o Homem, que se viram pela última vez ainda jovens, porém velhos para o grupo, seja lá qual fosse. Ele se esqueceu desse grupo, se casou e teve filhos, mesmo que aparentemente tivesse um romance com Elena. Pff, babaca.* A casa dele parece ser o sítio, então o Homem deve ter sido o ancestral de Vinícius. A porta foi trancada quando o filho dele fez 3 anos, a "idade de iniciação". Então, o grupo era de 3 a 24 anos, mais ou menos. Ela mencionou algo sobre olhos da mesma cor... Deve ser a característica em comum. Uma chave foi escondida e a outra está com Elena, que é uma rainha, mas eles não se relacionam entre si, então como escolhem a rainha?

– Hã, só eu que não entendi nada? – perguntou Liza.

– Não, também estou boiando – respondeu Aline, com quem os outros concordaram.

– Eu tentei montar um raciocínio, mas só consegui a mesma coisa que ela disse com outras palavras – disse Clara e então explicou o que havia pensado.

– Então, o Homem é meu ancestral, que fazia parte de um grupo esquisito? – perguntou Vinícius, buscando confirmação e mordendo o lábio inferior.

– Acho que sim – confirmou Clara, dando de ombros.

– Nossa! Então quem dos seus ancestrais ele é exatamente? – questionou Sophie, relendo a carta.

– Acho que é isso que estamos tentando descobrir – respondeu Milla e logo depois pediu desculpas por ter sido grosseira.

– Certo, mas como exatamente vamos fazer isso? – perguntou Sophie novamente, não se importando com o tom da amiga.

– Hã... – ponderou Clara. – Acho que para começar temos que ter certeza de para que época estamos viajando e com quem vamos nos encontrar.

– Quê? – perguntou Guilherme sem entender aonde ela queria chegar.

– Ela quis dizer que temos que ter certeza da época mais ou menos em que essa carta foi escrita e quem da família do Vini foi mencionado – explicou Sophie, revirando os olhos, como sempre traduzindo a melhor amiga.

– Tá, mas como podemos fazer isso? – perguntou Laura, deixando todos pensativos.

– A moça não disse que a filha caçula do Homem tem o mesmo nome dela? No final da carta ela assina como Elena. Então é só pegar uma mulher da sua família – Milla apontou para Vinícius orgulhosa da resolução – que se chame Elena e pronto!

– É fácil! Desde que não tenha mais de uma Elena. Só vamos ter que procurar geração por geração durante uns duzentos anos mais ou menos! – rebateu Vini com sarcasmo.

– É, claro, isso se ela não tivesse dito que foi o Homem que escolheu o terreno da casa. Isso daria uma Elena entre a segunda e a terceira geração depois da compra da casa.

Todos se entreolharam, quietos, antes de se virarem para Milla, que estava olhando para eles sem entender a surpresa dos amigos. Até que ela disse:

– O que foi? Eu tive que fazer um trabalho sobre árvores genealógicas há pouco tempo, aprendi algumas coisas sobre como encontrar pessoas.

– Basicamente, ela virou nosso FBI pessoal – zombou Laura, mas quem era próximo de Milla sabia que era verdade.

Vinícius deu um empurrãozinho amigável nela, dizendo "Boa, anjo!", e pegou o papel da mesa sem ver que a menina virou um tomate. Ele assumiu a liderança do grupo e saiu correndo escadas acima. Clara parou de tentar decorar os corredores após algumas curvas e se deixou guiar pelo grupo.

10

Uma árvore genealógica que (quase) ninguém entende

Depois de muitas voltas, eles chegaram a um corredor do último andar da casa. Clara se lembrou vagamente de Vini ter dito que o local era reservado aos negócios do sítio.

Ele colocou o dedo indicador na frente da boca para pedir que os amigos ficassem quietos e seguiu devagar pelo corredor. Com o mesmo dedo, ele observou as portas ao longo do caminho, assim como alguém faz quando está procurando algo numa prateleira.

Quando encontrou a que queria, apontou algumas vezes para ela e ergueu a mão pedindo que os outros parassem. Clara não tinha ideia do que havia de tão importante naquele corredor para que não pudessem sequer fazer barulho, mas não questionou.

Ficou quieta enquanto ele olhava pelo buraco da fechadura, provavelmente para ver se havia alguém lá. Quando julgou que estava tudo bem, colocou a mão na fechadura e gesticulou para que entrassem.

Assim que todos passaram, o menino fechou a porta com cuidado e foi até uma estante. Lá dentro parecia velho e abandonado. Clara pensava que entrariam em um escritório ou algo do tipo, mas ele os havia levado para uma biblioteca.

A menina olhou em volta, boquiaberta. Havia três colunas grandes seguindo na vertical, além da menor que Vini estava olhando. Tinham cerca de três metros de altura e iam até a parede dos fundos. Ela, Liza e Aline deram um passo hipnotizadas à frente, e então Aline começou a olhar a primeira fileira, enquanto as outras duas passaram para as seguintes.

Depois de um tempo apreciando os livros velhos, escutaram o chamado de Vini e resolveram voltar. Quando chegaram de volta à porta, os amigos estavam em volta de uma mesa velha com um livro grande e aparentemente pesado em cima dela.

– Por que você nunca nos disse que tinha uma biblioteca na casa?! – Aline sussurrou um grito, espantada, mas sem querer desrespeitar a biblioteca.

– Porque não poderíamos estar aqui – respondeu ele, folheando o livro com muito cuidado.

– Por quê?

– Porque esta era a biblioteca do meu tataravô, e ninguém vem aqui desde que ele morreu.

– Mas por quê?

– Porque ele tinha uma ordem específica que ninguém nunca foi capaz de decorar e tinha um treco quando qualquer um desses livros recebia um amassadinho sequer. Dizia que eram especiais.

– E ele tinha razão. Tá... Talvez fosse um pouco fanático, mas os livros são realmente muito antigos – defendeu Liza, olhando em volta, fascinada. – Quer dizer, ele tem primeiras edições de livros clássicos que: UAU. Só UAU.

– Eu sei, e é por isso que preferem deixar como está. Só entram aqui pra limpar. – Ele foi chegando a umas páginas mais descuidadas, com os números de 1.800 para trás. Depois de um tempo, chegou a uma página em branco e disse: – Achei! Hã, alguém consegue entender como este livro funciona?

– Deixa comigo – disse Laura, tirando os cachos castanho-escuros da frente dos olhos cinzentos. – Vi um desses na casa da minha família uma vez, e minha avó me ensinou a ler. Deixe-me ver... – Ela foi passando o dedo cuidadosamente pelas palavras até chegar ao que a interessava. – Tá, aqui tem os três irmãos que compraram a casa: duas mulheres e um homem. Mesmo dividindo, quase tudo ficou para o mais novo, ou seja, o Homem. Então vamos três páginas para a frente e... Dois filhos, o mais velho, homem, e a mais nova, mulher. Blá-blá-blá... O menino ficou com o terreno por escolha da irmã. Uma folha para o lado, então e... Pimba! Quatro filhos! O mais velho, homem, e três mulheres mais novas! Nomes, nomes, preciso dos nomes – disse ela, encontrando a solução para o primeiro passo da charada.

– Carambolas, Laura, quem ainda fala "pimba"? – zombou Sophie, mas foi ignorada pela garota, que exclamou:

– A-há! Luís, Maria, Carlota e... Elena! Conseguimos! O nome do nosso Homem é... José. Sério? José? Sei lá, eu esperava um nome mais... diferente, chamativo. Nada contra os Josés, longe disso, mas vocês entenderam – terminou ela e passou o livro para Vini, apontando as informações importantes, enquanto todos riam do comentário final.

– Obrigado, Lau, de verdade – agradeceu o garoto com o livro na mão. – Mas o que fazemos com essa informação agora?

– Bem, agora que temos uma noção de que época estamos falando, e não é muito próxima da nossa, sabemos que tipos de enigma podemos encontrar – disse Clara, refletindo sobre a situação. – Então não vai ter nada a ver com tecnologia ou algo do tipo. Eu acho, pelo menos. Estamos lidando com um enigma do comecinho do século 19.

– Faz sentido... Mas, então, o que fazemos agora? – indagou Vinícius.

– Uh, ela diz que nunca viu a menina. Talvez tenha alguma coisa a ver com a imagem dela – conclui Liza. – Será que conseguimos achar uma foto?

– É claro! Venham comigo. – Ele fechou o livro com cuidado e o colocou no exato local de onde tirou.

Eles saíram da biblioteca e correram até o hall central de casa. Lá havia uma mesa grande ao lado da porta de entrada, onde estavam vários porta-retratos. Uns eram novos; mas outros, bem velhos.

Cal não tinha reparado neles no passeio, mas também não estava prestando muita atenção no momento. Os amigos vasculharam a mesa em busca das fotos mais antigas, mas não tiveram sucesso. A mais velha era a do tal tataravô que gostava de ler.

11

A foto de uma menininha

– Como assim?! – disse Vinícius, franzindo as sobrancelhas, confuso. – Era para ter fotos de todos os membros da família aqui!

– Talvez tenham tirado daqui para não correr o risco de quebrarmos – cogitou Liza, com calma. – Não tem ninguém que cuide da casa ou algo assim? Essa pessoa poderia nos dizer onde encontrar a imagem da pequena Elena.

– Verdade! O seu Manuel! Ele trabalha aqui desde que meu avô era criança, porque ajudava o pai. Deve saber de alguma coisa! – Ele abriu as portas e saiu correndo, com os outros no encalço.

Clara percebeu que Vini estava ficando agitado com a Caçada. Ele sempre foi assim: quando colocava uma coisa na cabeça, não parava quieto até conseguir. Clara fez uma nota mental para lembrá-lo de que aquilo era uma brincadeira, e não uma obrigação.

Talvez devêssemos dar um tempo, uma das vozes na mente dela disse. Clara a chamava de Consciência.

Mas se pararmos vamos ter que voltar a pensar no sonho, e não queremos nos preocupar, disse a segunda voz, geralmente mais traiçoeira e grosseira. Este "lado" ela chamava de Rebeldia.

Cal constantemente entrava nesses conflitos de pensamentos. Neles, a própria mente dela discordava do que fazer e apresentava várias opiniões diferentes. Os conflitos costumavam ser entre as três principais vozes que martelavam na cabeça da garota: Consciência, Rebeldia e uma que correspondia a ela mesma.

Era quase como uma briga dos *divertidamentes* dela, só que Clara participava da discussão. Por conta da frequência dessas situações, a menina já sabia o que aconteceria.

A primeira começaria a apelar para o lado emocional e não a deixaria em paz se não aceitasse sua opção. A segunda tentaria a garota com argumentos válidos que trariam benefícios para ela, e Cal teria que encontrar um meio-termo para não ficar louca ou cometer uma loucura.

Como estava curiosa para saber como a Caçada iria se desenrolar, resolveu que pararia depois do almoço. Talvez às 16h.

Não, é muito tarde, disse Consciência. *Às 14h.*

A garota se decidiu por 15h e encerrou esses pensamentos.

Do lado de fora da casa, eles seguiram até um estábulo, onde encontraram um senhor que parecia ter cerca de 70 anos. Ele cuidava alegremente de um cavalo marrom com algumas manchas de tons mais claros perto da barriga, na crina e no rabo.

Em frente ao cavalo, havia uma placa com o nome dele, Harry, e ao lado descansava uma linda égua com pelagem branco fosco e crinas ruivas, porém não havia placa. Clara resolveu que iria observá-la e sugerir um nome.

O garoto chamou a atenção do homem mais velho e apresentou os amigos. Depois perguntou sobre fotos mais

antigas dos primeiros donos da casa, e o homem riu. Uma risada debochada que surpreendeu um pouco Clara.
   Eles não entenderam muito bem o motivo do riso. Guilherme resolveu tirar a dúvida deles:
   – Hã, desculpe, mas qual é a graça?
   – Ai, ai, essas crianças... – disse seu Manuel, baixinho. Balançando a cabeça, continuou como se eles fossem uma piada: – A câmera fotográfica ainda não havia sido inventada naquela época. Quer dizer, talvez houvesse, mas era muito cara. Porém, se não me engano, tem retratos guardados em algum lugar, sim.
   – Sério? Onde? – continuou Gui, empolgado.
   Ele ia dar um passo à frente, mas Aline o puxou pelo cangote. O garoto recuou e pigarreou:
   – Quero dizer, o senhor poderia nos mostrar onde ficam, por favor?
   – Hum... Não sei, não, crianças...
   – Por favor, seu Manuel – pediu Vinícius. – Achamos que é a próxima resposta para o enigma!
   – Já sabemos sobre quem a tal da Elena estava falando – emendou Rafa, querendo ajudar a convencer o velho.
   – Pensamos que, já que ela nunca viu a menina com o nome dela... – disse Aline, com uma calma e educação que nunca era usada entre eles.
   – Pode ter deixado uma pista no retrato – concluiu Sophie, da mesma maneira, para o senhor que olhava abismado para eles.
   – Vocês... Vocês já estão na segunda etapa? – perguntou ele ainda em choque. Todos concordaram com a ca-

beça sem entender. – Acompanhei o seu avô na Caçada de Elena, como a chamam. Passaram-se meses até que desvendássemos completamente o livro de ascendência. Depois demoramos muito tempo para chegar à conclusão da imagem. Não sabem o quanto estão superando os nossos limites, crianças. Não sabem o quão especial poderá ser a geração de vocês, o que serão capazes de fazer.

Clara quis perguntar do que ele estava falando. Por que eles seriam tão especiais? O que eles fariam? Por que ele estava com aquele ar misterioso? O senhor tinha um brilho de admiração nos olhos, mas também uma espécie de esperança e algo mais... Queria perguntar tudo isso. Mas, antes que pudesse sequer abrir a boca, os pensamentos dela foram interrompidos.

– Disse que chegaram até a parte do retrato – Laura voltou ao assunto. Ele assentiu. – Então sabe onde podemos encontrar uma pintura?

– Sim, sim, a encontramos e... Bem, a usamos – respondeu ele, acrescentando rapidamente: – Mas não fomos os primeiros, portanto ela está bem gasta e danificada. Posso levá-los até lá, mas vocês é que terão que descobrir o que fazer com ela.

Tomando essas palavras como deixa, os amigos começaram a pensar. Clara refletiu sobre as palavras do senhor. Ela não sabia se os outros haviam prestado atenção, mas pensou: *Ele disse que a usaram, então nós vamos ter que fazer alguma coisa com o retrato.*

Depois, pensou na carta e em qualquer coisa que poderia sugerir o que usar ou no que: *Elena fala que as crianças poderiam ser do grupo, portanto pode estar se referindo a isso. A "hora mais ardente no dia" que ela cita pode ser a mais quente, que seria ao meio-dia. Só que ela diz "ardente", focando a temperatura, e depois menciona o pôr do Sol, em que a luz fica avermelhada, como os cabelos do povo de Elena. Tem muitas referências aí ao...*

– Temos que colocar a foto no fogo! – ela exclamou, mais alto do que havia planejado e sem pensar direito nas palavras, assustando a todos.

– O quê? – exclamou Rafael, espantando-se com a sugestão. – Tá doida, filha?

– Desculpa, saiu errado. Não quis dizer colocar *no* fogo, mas perto dele. – Todos continuaram olhando confusos para ela, então Cal resumiu usando apenas palavras-chave. – Pensem comigo. Busca dos seus. Hora mais ardente. Calor. Fogo!

– Ah! Faz sentido – exclamaram os amigos juntos depois de um tempo, enquanto a garota fazia uma expressão dramaticamente sarcástica pela demora.

– Incrível – murmurou seu Manuel, que ainda os olhava com aquele brilho estranho nos olhos. – Demoramos tanto tempo para descobrir isso.

– Pois é, Tischler é uma gênia das teorias – disse Vini, apoiando o cotovelo no ombro da amiga, que empurrou o moreno para o lado.

Ótimo. Como se não bastasse o comentário do caseiro para colocá-la no centro das atenções, o do amigo a fazia querer sumir. Mas como não tinha essa opção, ficou vermelha como um pimentão e olhou para as mãos cruzadas na frente do corpo, eventualmente colocando uma mecha castanha atrás da orelha.

– Poderia nos mostrar o retrato agora, por favor? – apressou Marcelo, tirando o foco da melhor amiga.

– Claro! Com certeza! – falou o velho, empolgado e sem notar o apressamento. Ou, se notou, não se incomodou. – Venham comigo, venham!

E assim ele saiu andando, muito rápido para alguém da idade dele, com o grupo a alguns passos de distância. Eles saíram do estábulo, e Clara olhou uma última vez para a égua, em uma promessa silenciosa de que voltaria.

Foram para um casebre nas redondezas do sítio. Lá, os adolescentes se espremeram junto ao senhor querendo ver o que ele iria fazer. Seu Manuel pegou uma velha caixa de papelão de uma estante mais alta e a abriu. Dentro dela havia fotos, pinturas, fitas de vídeo e outras coisas antigas. Liza se ajoelhou em frente à caixa e procurou as pinturas mais antigas e malcuidadas.

Encontraram o retrato de uma menininha de cabelos loiros encaracolados, pele clara e olhos amarelados. O sorriso banguela mostrava as pontinhas dos dentes da frente nascendo, deixando evidente que ela parecia ter por volta de 8 anos.

Era uma grande pena que os descendentes dela tivessem maltratado tanto um trabalho tão lindo. Porém, logo depois, Clara viu uma cópia da "foto" e ficou mais à vontade para pegar a que estava erguida para ela.

A menina franziu o cenho ao reparar que a mesma marca da árvore e do Sol que havia sido deixada na primeira carta também se encontrava no canto inferior do retrato.

Guardou essa informação para mais tarde. Seguiu em direção a uma caixa mais baixa onde estava escrito "Velas" e pegou uma, apoiando-a no chão. Seu Manuel ofereceu fósforos para ela, que agradeceu. Cal acendeu a vela e colocou a foto em cima dela. Segundos depois, palavras começaram a aparecer.

12

O desafio

Eles saíram da cabana e apagaram a vela. Então, Liza leu a carta, deixando todos mais confusos ainda, se possível:

> Parabéns, Caçadores do Povo Perdido, agora podem oficialmente começar vossa busca por mim e pelo nosso povo. Como recompensa pelo bom trabalho, compartilharei algumas informações básicas, porém importantes sobre nós.
>
> Não vos enganeis, adoráveis crianças, a partir do momento em que o descendente de José tiver lido a primeira de minhas cartas, tudo é um teste, uma charada ou uma pista. Tudo é o que parece ser, basta aceitar que existem mais formas de ver o mundo do que a que nos ensinam como a correta. Assim, prestem muita atenção às minhas palavras.
>
> Todos, assim como vós, buscam a chave para o conhecimento. As crianças, ouso dizer, são as que chegam mais perto de possuí-la. Elas têm menos vergonha de perguntar. Elas acreditam no mundo de forma pura. Não enxergam através das lentes pragmáticas nas quais os adultos tanto se apoiam.
>
> No mundo adulto, não parece haver espaço para a imaginação e a criatividade. Ninguém chega longe sonhando, ninguém chega longe acreditando no impossível, é o que dizem.

Porém, na ambição pelo poder, não percebem o óbvio. Que a chave para o conhecimento e para o sucesso esteve o tempo todo com eles mesmos. O presente que sempre esteve nas mãos do destinatário. As pessoas tendem a procurar longe o que já têm nas mãos.

Mas o conhecimento, mesmo quando encontrado, sempre vem na forma de um quebra-cabeça. Se não soubermos a forma que ele deve tomar, não será montado corretamente. Assim, a imaginação vai transformá-lo em qualquer outra coisa. Percebeis a ironia? O que eles mais desprezam também é o que fará com que alcancem os objetivos.

Vós deveis seguir o que é deixado a vós, mas lanço mais um desafio: a procura deve ser encerrada daqui a três dias ao pôr do Sol, não importa onde estejam em minhas pistas. Até lá, todo aquele que a marca da natureza nos olhos verdes tiver deverá ter o Sonho sonhado.

Acabo com as informações aqui, meus caros Caçadores. Até o terceiro pôr do Sol, desde já, aquele que o chamado receber deverá ouvir e cumprir o desafio, tornando-se assim um de nós. Esta é uma ordem de sua eterna Rainha.

Boa sorte, Caçadores!

De Sua Majestade,
Rainha Elena M. Torres

Clara estava boquiaberta ao final da carta. Olhando em volta, percebeu que não era a única que estava em choque.

Pelo visto, as amigas pensaram o mesmo que ela. Cal não conseguiu se conter de olhar para Liza. Elas tinham que conversar, e rápido.

— Por que essa moça fala em enigmas? — reclamou Vini, fazendo cara de sofrimento. — Eu juro que não consegui acompanhar uma palavra depois do "Parabéns, Caçadores do Povo Perdido", o que, aliás, parece fala de um filme do Indiana Jones. E outra, qual é o tamanho da letra dessa mulher pra *tudo isso* caber atrás de um só retrato?!

— O filme que você tá pensando é *Os caçadores da arca perdida* — disse Lucas, enquanto pegava a carta da mão de Liza. — E a letra é muito pequena.

Tirando um papel e uma caneta dos bolsos do colete inseparável, ele copiou exatamente o que estava escrito atrás da imagem da garotinha. Ao terminar, devolveu o retrato ao senhor e agradeceu.

Depois, ele perguntou se Clara estava bem. Naquele momento, ela percebeu que ainda não havia se mexido. Apenas concordou com a cabeça e olhou para cima, observando a grande estrela que já marcava mais de 13h. Provavelmente. Ela não sabia ler as horas pelo Sol.

A garota virou-se para perguntar a Vini sobre o almoço e viu Marcelo petrificado. A expressão dele disse à menina que a teoria dela talvez estivesse certa.

O aniversariante parou de reclamar para dizer que o almoço já devia estar sendo servido. A amiga assentiu com a cabeça e sorriu, enquanto os outros soltaram suspiros e Aline até soltou um gritinho de alegria.

Ele os levou de volta para a casa com seu Manuel na retaguarda. Era possível sentir o olhar de curiosidade dele cravado nas costas dela, mas ela o ignorou e continuou com o andar saltitante, tentando agir normalmente depois do que havia deduzido.

13

Caminhos fáceis e difíceis

Quando entraram novamente na casa, a comida acabara de ser colocada na mesa, e eles aproveitaram a espera pelos pais e irmão de Vinícius para lavar as mãos. Clara o fez distraidamente e seguiu para a mesa, ao lado de Liza e Ali. Um olhar para as amigas e o rosto de todas dizia o que ela queria saber.

Seria possível, algo que tantas pessoas haviam deduzido, estar totalmente fora do contexto?, pensou ela, virando para a frente de novo. *É claro que seria, mas...*

Vamos pensar nisso depois. Agora é hora do almoço, disse Consciência e, provavelmente pela primeira vez, a garota a ouviu.

Reparou que já passava das 13h; na verdade, eram quase 15h! Eles almoçaram jogando conversa fora como sempre, mesmo que todos estivessem pensativos. Mais pensativos do que o normal. Porém, bastou que Hana entrasse com o bolo de chocolate para que eles se empertigassem.

– Pa... – cantaram até que as velas fossem acesas, e só então continuaram: – Parabéns pra você! Nesta data querida!

Entoaram a música inteira e, antes que Vinícius pudesse protestar, eles emendaram a segunda:

– Com quem será, com quem será? Com que será que o Vini vai casar? Vai depender, vai depender! Vai depender se a Milla vai querer!

O rosto de ambos estava vermelho de vergonha, e eles permaneceram assim até que as crianças resolveram ir para os respectivos quartos, em vez de ficarem conversando até mais tarde sentados à mesa. Se os pais do garoto perceberam a mudança, não falaram nada.

Clara mal havia se sentado na cama quando Laura falou:

– Vocês também perceberam? O que a Cal disse ontem sobre o Sonho e essa carta... não poderia ser tanta coincidência, poderia?

– Não, acho que não poderia – respondeu Liza.

– Então aconteceu... – disse Sophie, colocando em palavras o que elas começavam a temer. – Uma de nós recebeu o chamado. Clara pertence a esse tal povo de Elena.

– O que faremos? Alguma hora vamos ter que contar aos meninos o que descobrimos para contribuir com a Caçada. – Milla estava estalando os dedos nervosamente ao lançar essa questão.

– É – disse Clara simplesmente e, então, olhou para Liz.

– Gente, temos que contar uma coisa.

– Não, mais não. – Ali se jogou na cama com as mãos cobrindo os olhos. Ela abriu frestas entre os dedos e disse:

– Ok, conta.

– Cal *no* foi *la* única a receber o *llamado* – o sotaque da Argentina ficava mais acentuado enquanto ela se explicava às amigas. – Lembram quando viemos para cá e eu vim o *camino casi* inteiro dormindo? Quando eu dormi... Eu sonhei, como a Clara, mas eu a vi conversando com a

Ruiva Maluca. Eu estava dentro do sonho dela e acho que a garota nem percebeu. *También no habia* compreendido *muy bien* o que *estaba* acontecendo até que Clara nos contou sobre o Sonho, então fui falar com ela *hoy y, bien*, aqui estamos nós *ahora*.

– A-hã, e vocês não acharam que seria legal, sei lá, contar pra gente? – perguntou Aline, visivelmente chateada por ter sido deixada de fora de algo que acontecia com as duas melhores amigas delas.

– Quando íamos contar, fomos fazer a Caçada, *no había tiempo*! – a menina se defendeu, abraçando a baixinha.

– Tudo bem, Liza, a gente entende – interveio Laura. – Então, tem duas de nós recebendo o "chamado", que sabemos ser o Sonho. E se tem duas sonhando e o resto não, deve ter algo que vocês têm que nós não temos. Além do que deve estar escrito na carta.

Todas pensaram por um momento, e Cal se lembrou de algo que notara na primeira carta.

– Os olhos! – concluiu Clara. – Liza, qual é a cor dos seus olhos?

– Ah, *yo no sé*... Um é marrom-esverdeado e o outro é verde – respondeu ela, o sotaque voltando a diminuir agora que tinha dito o que precisava.

– E os meus são castanho-esverdeados. A carta falava sobre olhos com "a marca da natureza no verde". Só pode ser isso! E, antes, Elena mencionou que um garoto tinha "os olhos do povo dela". Os olhos são a característica física comum deles!

– Então é isso! – concluiu Aline, olhando nos olhos das outras. – Vocês são as únicas que têm olhos esverdeados.

O restante de nós tem olhos completamente azuis ou castanhos. Sem verde.

– Além de que não tivemos nenhum Sonho – complementou Milla, ainda um pouco vermelha por causa do "Com quem será?".

– Espera, antes de entrarmos mesmo nisso, preciso que vocês entendam uma coisa – começou Cal, mas teve que parar logo em seguida.

Ora, vamos, não é agora que nós vamos amarelar, certo?, incentivou Rebeldia e a forçou a continuar:

– Se começarem a participar disso agora, se passarem a *acreditar* que essa magia é real, que esse tipo de coisa existe... Eu não acho que possam parar depois – Milla tentou interrompê-la, mas a garota fez apenas um gesto para que a deixasse terminar. – Para Liz e para mim, é diferente. De alguma forma, já sabíamos que o mundo era mais do que isso. Acho que, se vocês aceitarem essa loucura, não poderão mais negar depois, vão passar a ver o mundo de outra forma. Da *nossa forma*. Vocês têm duas opções: podem conviver com essa mudança ou continuar pensando que é besteira e nos deixar lidar com isso por nossa conta.

Todas elas piscaram atônitas à verdade dita por Clara, enquanto Liza concordava com a outra Sonhadora. Elas corriam o risco de que as amigas escolhessem o caminho mais fácil. Ainda havia tempo. Mas Cal não se perdoaria se não tivesse as alertado sobre a mudança.

Em um dia, Clara se sentiu mais próxima daquelas meninas do que nunca. Elas eram amigas, mas não tanto. Não queria que elas se metessem em algo que não queriam ou a que não estavam dispostas.

Porque o mundo era cruel para pessoas Sonhadoras, o mundo queria esmagá-las por enxergarem o caminho mais difícil, mesmo que o final fosse mais bonito. A humanidade gostava de caminhos fáceis, rápidos e muitas vezes destrutivos para aqueles que eram diferentes. Há muito tempo o objetivo tinha deixado de ser um futuro melhor e virado um presente ok.

– Não podem estar falando sério – respondeu Aline, por fim. – Não podem pensar seriamente que abandonaríamos vocês a esse ponto. Já estamos dentro, já acreditamos, independentemente do que isso seja. Que se dane se é o jeito mais difícil para nós, vamos conseguir se isso for ajudar vocês.

– Ali está certa, não tem chances de desistirmos agora – concordou Sophie. – Vamos ajudá-las no que pudermos. Sempre.

– E se for bobagem? – perguntou Liza, lutando contra o espanhol que ameaçava voltar. – E se acabarmos percebendo que *no había*... não tinha nada a ver com nada e que nós nos confundimos? E se for tudo só uma grande bobagem ingênua e infantil e nós convencemos vocês de que magia é real, só para não ser?

– Então vamos dar risada e continuar nossa vida como antes, mas se for verdade estaremos aqui, e é isso que importa agora – Laura acalmou novamente a amiga, concordando com as outras duas. – Se isso for verdade, e estou apostando que é, aquela carta diz que esse povo, seja lá qual for, tem como base a credibilidade, a fé na mágica, no impossível e na bondade. Por mim, vocês duas seriam as integrantes mais perfeitas de todas.

A Caçada de Elena

– A Lau tem razão. Sério. Nossas senhoritas Maria Clara e Eliza acreditam mais em mitos, coisas bizarras e mágicas do que todo o resto das pessoas que eu conheço juntas, incluindo nós, que acham que isso é bobagem e conto de fadas. Se for para existir uma sociedade secreta de pessoas com superpoderes, quem melhor para participar do que vocês? – encorajou Milla, enquanto as duas olhavam feio para a alemã por chamá-las pelo nome completo que nunca era mencionado.

As meninas riram, e Milla continuou:

– Vocês entenderam? Estamos nessa com vocês. – Cal concordou, mas a argentina não disse nada. – Liza, está tudo bem? Você ficou quieta de repente.

– Tudo certo, só pegando uma coisa – respondeu a menina, com a cabeça enfiada na mala. E dois cadernos surgiram nas mãos dela. – Acho que isto pode nos ajudar. Vou desenhar partes importantes do sonho, enquanto a Cal escreve cada detalhe que ela reparou. Vocês dão um jeito de pegar as cópias que o Lucas fez das cartas e transcrevem *tudo*, separando em partes. Assim, vamos ter tudo mais organizado.

– Boa! Eu reparei mesmo em um desenho estranho que eu queria discutir depois. É melhor começarmos já se quisermos fazer isso sem que os garotos descubram, porque não é possível que eles sejam tão lerdos assim.

Clara pegou um caderno e começou o trabalho.

Um silêncio tomou conta do quarto que costumava ser barulhento, mas a garota estava concentrada demais para se incomodar. A jovem que escrevia levou um susto quando Liza finalmente falou, para depois retornar à quietude esmagadora:

– Sabe, mesmo que eu fosse para um grupo diferente com não sei quantas coisas que não conheço, acho que não aceitaria ir sozinha. Já fiz algo assim antes e não é legal ficar só em um lugar em que você não entende ninguém e ninguém te entende. A sensação não é boa. Então, fico feliz que possamos ir, nós duas, para nos apoiarmos.
– Eu sei – foi só o que Clara conseguiu responder depois de um tempo. Ela não conhecia Liza na época em que esta havia se mudado, mas a via em momentos como aquele, lutando contra o espanhol e para ser igual aos outros. – Eu também fico feliz.

14

Eles finalmente começam a desconfiar

Depois de deixar as garotas no quarto delas, Vini voltou para o que dividia com os amigos. Rafa estava sentado com Marcelo na cama dele, então o garoto deu um empurrãozinho no moreno e no loiro, respectivamente, para conseguir um pouco de espaço.

– Beleza, alguém sabe explicar o porquê de tanto choque, ou vamos ter que perguntar para elas? – perguntou Vini enquanto se ajeitava na cama.

As meninas haviam ficado em choque durante a leitura da pista, e ele ainda não entendia o motivo. Talvez elas estivessem brincando com eles, para ver até onde iriam. Mas ele as conhecia bem o suficiente para saber que, se esse fosse o caso, a reação delas teria sido diferente e depois de um tempo alguém começaria a rir, entregando-as.

Não, algo estava errado. Tinha alguma coisa que eles não estavam sabendo.

– Acho que elas sabem qual é o próximo passo – Marcelo praticamente cuspiu a resposta, como se estivesse entregando alguém. – Ou então sabem qual vai ser o resultado de tudo isso.

– Como elas saberiam? – perguntou Gui. – Tudo o que desvendamos foi em grupo.

– Correção: elas descobriram tudo e nós estávamos convenientemente por perto. – Lucas recebeu olhares irritados seguidos de algumas risadas. Era verdade que se não fosse por elas não teriam nem lido a primeira carta.

– De todo modo – continuou Lucas –, as garotas saberem mais do que estão contando explicaria por que elas pararam de conversar imediatamente quando eu entrei no quarto ontem.

– Você não disse que elas estavam falando sobre o crush da Milla? – perguntou Vinícius um pouco confuso.

– Eu não disse nada! Foi o Rafa. Enfim, elas estavam bem estranhas. Só achei que devia ser algo do tipo – respondeu, dando de ombros.

– Ei, não venham pôr a culpa em mim! – defendeu-se o garoto de pele escura, que depois complementou apontando para Marcelo: – Sabem quem mais estava estranho ontem e hoje também?

– Estamos apontando dedos agora, é? – o loiro tentou se esquivar, mas não foi muito convincente. – Eu não sei de nada, sério! Elas não quiseram me contar na hora, e eu achei melhor deixar pra lá. É como eu sempre falo: quando acharem que é o momento de contar, elas me contam – respondeu, com as mãos para cima.

– Que hora? – questionou Gui. Agora aquilo estava começando a ficar interessante.

– No carro – ele começou a explicar com a expressão meio amarga por estar entregando o segredo delas. – A Cal estava estranha e depois dormiu. Ela acordou só perto de quando a gente chegou aqui. Na verdade, eu, a Milla e a Sophie que tivemos que acordá-la, porque a Clara estava gritando e se debatendo. Acho que ela contou o que aconteceu para as meninas, mas não me falou nada, além de que estava bem.

– Acham que pode ter algo a ver com as cartas da Elena? – indagou Vini, franzindo as grossas sobrancelhas.

– Talvez... – respondeu Lucas, resmungando alguns trechos da carta até que a expressão dele se iluminou. – Tenho uma ideia de qual pode ser o problema. Nós temos que conversar com elas, mostrar que sabemos que elas estão escondendo alguma coisa e pedir que elas nos contem.

– E, como elas estão escondendo e mentindo para nós, agora vão mudar de ideia e serão honestas – comentou Gui com sarcasmo.

Vinícius não estava entendendo nada, porém, pela cara de Caco e de Marcelo, não devia ser nada do que pensava. Gui e Lucas continuaram se provocando até começarem uma pequena briga.

– Parem com isso, seus idiotas. Ficar discutindo não vai ajudar em nada! – disse Marcelo, alto o bastante apenas para se fazer ouvir no meio da "briga". Era sempre ele quem as parava. – Vou falar com elas. Sou mais próximo de Ali, Liza, Clara e Milla, então tenho mais chance de conseguir alguma coisa. Enquanto isso, vocês vão se fingir de sonsos e agir normalmente.

– Não – interveio Vini, e todos o encararam. – Vamos falar todos juntos com elas. Se minha ideia não der certo, aí você fala do seu jeito.

O menino contou para os amigos o plano que havia bolado. Na verdade, não era bem um plano. Ele tinha um jeito de juntar todos e fazer uma reunião privada. Assim, ficariam mais à vontade para falar. Guilherme teria que manter a boca fechada e deixar que Marcelo pedisse que elas contassem o que sabiam. Nesse sentido, o garoto tinha razão, ele era o melhor amigo de Clara e Milla e um grande amigo das outras duas.

Estavam prestes a pegar um pedaço de papel para escrever um bilhete, quando alguém bateu na porta. Marcelo abriu um pouco a porta, e Vini quase suspirou ao ver a figura esguia de Milla.

– Oi, desculpa aí interromper... – Ela gesticulou para os garotos agrupados em um "círculo" de discussão. – Seja lá o que vocês estavam fazendo. Posso falar com o Caco rapidinho?

Ela colocou a cabeça mais para dentro do quarto e olhou para Lucas, chamando-o. Ele a seguiu, e Vinícius sufocou a pequena voz ciumenta no peito que questionava por que ela não o chamou.

Assim que saíram, a menina iniciou uma conversa aparentemente normal com a animação natural e contagiante, cheia de expressões engraçadas. Disse alguma piada e Lucas riu, jogando a cabeça para o lado; os cabelos voaram enquanto colocava a mão no rosto.

Vini ficou lá, parado por um momento, apenas olhando para ela. Então sentiu uma mão em seu ombro e pulou de susto. O melhor amigo havia fechado a porta e surgido ao lado dele com um sorriso descrente no rosto.

Ele abriu a boca para zoar com a cara de Vinícius. Mas, antes que pudesse dizer qualquer coisa, este murmurou um "Cala a boca" e virou-se para fingir pegar uma coisa na mala, fazendo com que o outro garoto caísse na risada.

Um tempo depois, Lucas e Milla voltaram para o quarto. Os dois estavam com as bochechas rosadas pelo frio. Também estavam sorrindo, e o menino fazia movimentos exagerados para terminar o que dizia, enquanto a garota concordava com a cabeça encoberta pelo capuz e esquentava as mãos nos bolsos do casaco roxo. Ela já estava de saída quando Gui disse:

– Espere!

– O que foi?

– Leva isso para o seu quarto e mostra para as meninas.

– Tá. Até amanhã. – E saiu meio correndo com o bilhete no bolso.

Eles esperaram que ela entrasse no quarto antes de se juntarem novamente. Guilherme abriu um meio sorriso sabichão para Lucas, como de quem tinha certeza de que tinha salvado a noite. O garoto deu de ombros e revirou os olhos, jogando-se na cama.

15

Conselhos inúteis para relacionamentos inexistentes

Todos ficaram em silêncio por um segundo, então Vini resolveu dizer algo:

– O que ela queria com você?

– Ah, queria conversar sobre a Caçada. Milla disse que não avançaram muito, mas que havia umas coisas estranhas que as meninas tinham notado. Algo com um símbolo e outras coisas que elas não conseguiam confirmar, porque não lembravam exatamente o que estava escrito na última carta. Falou que precisavam de cada palavra certinha, então pediu minha cópia, e eu dei pra ela.

– Espera... Você deu a carta para a Milla?

– Sim, algum problema?

– Caramba, Caco! – Gui, que já estava no limite de paciência, não conseguiu evitar a bronca. – Você é muito ingênuo! Essas coincidências das quais ela falou são *exatamente* o que as meninas estão escondendo de nós! E você nem *perguntou* quais eram!

– Calma aí, o Lucas pode ter perguntado – disse Rafa, esperançoso, defendendo o baixinho como sempre fazia quando Guilherme se irritava.

– É, eu perguntei, besta esquentadinha. E Milla me disse que depois contariam para nós. – Todos suspiraram, um pouco decepcionados.

Vini continuou:

– Tudo bem, agora já foi. Nem sabemos se ela realmente mentiu! Ainda temos a minha ideia. Que horas você marcou o encontro, Gui?

– Às 17h30.

Marcelo olhou o relógio e ergueu a cabeça para encarar todos.

– Temos 15 minutos. É melhor pensarmos no que queremos falar e colocarmos roupas mais quentes. Daqui a pouco escurece e, sem casacos, vamos morrer de hipotermia antes que os bichos mágicos demoníacos da Elena nos peguem. – Com essa deixa, ele puxou o pé de Lucas, que estava distraído e deu um gritinho. O garoto caiu da cama e ficou estatelado no chão. Isso fez todos caírem na risada.

Depois que Caco se levantou, começaram a debater sobre o que diriam e o que poderiam esperar como resposta. Quando decidiram que já estava bom o suficiente, saíram. À porta, Marcelo parou Vini e baixou a voz num sussurro, enquanto caminhavam:

– Ok, cara, isso tá começando a ficar meio idiota. Quando vai dizer para Milla que gosta dela?

– Eu não vou pagar o mico de levar um fora no meu próprio aniversário. Muito obrigado.

– Sério? – ele ergueu uma sobrancelha, incrédulo. – Porque você já baba tanto quando ela passa que só falta colocar em palavras e esperar pra ver o que ela diz. Na real, ela já sabe, mas não vai falar nada se você não falar primeiro.

– E quando *você* vai falar pra Tischler que gosta dela? – ele disse, apenas para se livrar das perguntas.

– Quê?!

Podia ser a luz, mas Vini podia jurar de Celo tinha corado. O que não era possível, pois Marcelo não gostava de Tischler. Não *podia* gostar. Porque a garota não teria medo de dizer que só o via como amigo. Um irmão.

– Tô te zoando, idiota! – Vinícius riu, tentando deixar isso claro. – Vocês são melhores amigos, tipo, desde sempre!

– E...? – o garoto parecia confuso.

– E, sei lá, se fosse pra rolar algum trem já teria rolado, não?

– É, acho que sim... – disse meio chateado, mas então olhou para o amigo e se recompôs: – Quer dizer, claro! Não me olha assim, eu só estava pensando que *você* não respondeu a minha pergunta.

– Ok, então, se você tá dizendo... – o menino de cabelos enrolados hesitou um pouco antes de dizer: – Olha, eu... vou pensar em alguma coisa.

– Tá bem, mas faça alguma coisa legal. A Milla gosta de grandes gestos e blá-blá-blá, mas nada exagerado. Boa sorte! – desejou e, então, começou a andar mais rápido para segurar Guilherme. Porém, antes se virou uma última vez. – Se te ajudar, a Mi deixou escapar que "até que você não é feio". Vindo dela, isso é um baita elogio.

Vini agora queria bater em Marcelo. Não sabia o que ele queria que o aniversariante fizesse com aquelas informações, mas agora ia passar a missão pensando em como falar com o Anjo sobre o que sentia.

Eles chegaram a uma parede vazia antes que ele tivesse tempo de reorganizar os pensamentos. Vinícius tirou uma chave com um chaveiro estranho que também era passado pelas gerações. Uma espécie de cubo mágico dourado que, se fosse mexido da maneira certa, virava outras formas.

O garoto levou a mão à parede, achou uma falha no papel de parede, dobrou-a e encontrou uma fechadura.

Um por um, os amigos subiram a escadinha escondida, deixando a porta encostada para as meninas. Quando chegou ao alçapão que dava passagem ao telhado, o vento frio levou embora a confusão da mente dele.

Eles tinham uma missão, as amigas estavam com algum problema e Vini iria dar um jeito de resolvê-lo. Nada mais importaria naquele momento.

16

O bilhete

Quando Milla voltou para o quarto, Liza foi rápida em entregar a ela uma caneca de chocolate quente que elas tinham pegado na cozinha. As outras três voltaram um minuto mais tarde com mais canecas e papéis saindo dos bolsos.

– E aí? – perguntou Liza, voltando ao terceiro desenho feito a lápis. – Deu certo?

– Muito! – começou Milla, satisfeita com o resultado. – Caco me deu a folha sem que eu precisasse insistir. Nem precisei contar nada. Ele só pediu que eu não estragasse e que devolvesse para ele depois.

– Legal! – disse Sophie, nada preocupada com o problema que estavam criando.

Clara, porém, estava receosa e resolveu perguntar:

– Você não está, sei lá, se sentindo meio mal porque estamos escondendo um monte de coisas deles? Não acha que pode causar um problema?

– Não – ela respondeu simplesmente e deu de ombros. – Eles sempre escondem as coisas de nós. Ficam parecendo as meninas populares lá da escola, de tanto segredinho, plano e mimimi. Enchem o saco. Agora eles vão provar um pouquinho do próprio veneno também!

– Nossa! Vingativa ela, né? – brincou Laura, com uma voz engraçada.

– Sou mesmo – afirmou com sinceridade. – Perdoar, até perdoo, mas não esqueço nunca. Aí, quando a pessoa menos espera, dou o bote.

– Hum, Milla, você sabe que *você* é uma das meninas populares do nosso ano, não sabe? – questionou Aline, com a sobrancelha arqueada.

– Tô falando do *outro* grupinho de meninas, Ali – ela revirou os olhos. – Não de mim.

Cal estava se questionando se já havia feito algo para Milla e se aquela reação dela era saudável, quando Liza perguntou, segurando a risada:

– Calma, se a Milla estava com o Lucas, onde vocês três estavam?

– Fomos pegar o restante das coisas – explicou Aline, abaixando a caneca que tinha deixado os óculos dela embaçados e mostrando alguns papéis e sacos de salgadinho que elas provavelmente roubaram da cozinha da casa. – Passamos por todas as pistas, desde a primeira carta, e transcrevemos tudo.

– Tá mais pra *eu* copiei tudo, né? – resmungou Laura, balançando a mão. Elas acharam graça.

– Que eu me lembre, a senhorita que se ofereceu – disse Sophie, erguendo as sobrancelhas.

– É, porque eu estava comendo na hora, estava feliz!

– Então, volta a comer, ué! – a garota de olhos cinzas fez exatamente isso, murmurando coisas para si mesma.

– Pronto! – disseram Liza e Clara ao mesmo tempo, e Clara não conseguiu se controlar:

– Clips! Toquei no verde! – todas elas começaram a rir e alguém falou "Liza" três vezes para que a brincadeira, que jogavam quando eram mais novas, acabasse e a menina pudesse voltar a falar.

— Ai, ai, já acabaram? — perguntou Ali, que tentava parar de rir. As duas concordaram com a cabeça. — Podemos ver?

— Com certeza! — respondeu Liza, passando os desenhos para Aline ver.

Quando ela terminou, pediu os textos de Clara e os leu. Milla, Laura e Sophie fizeram o mesmo, elogiando o trabalho das duas. Os três desenhos rascunhados de Liza representavam a jovem, os amigos sentados e a paisagem. Era exatamente como Clara havia sonhado!

A menina ficava feliz que o talento da outra permitisse que as outras soubessem o que elas haviam visto. Ela queria poder mostrar diretamente da própria cabeça, mas os desenhos em preto, branco e poucas outras cores faziam um ótimo trabalho em chegar o mais perto possível disso.

A parte escrita era uma narrativa do Sonho e as conexões dele com as cartas de Elena. Ela ainda havia escrito as teorias em tópicos.

Devido à rapidez com que teve que escrever, a caligrafia — que já não era das melhores — estava bem feia e a ortografia, pior ainda. Porém, no momento, aquilo não importava. Depois ela teria tempo de fazer tudo mais caprichado.

As meninas, impressionadas com o trabalho rápido das amigas, iam começar a passar as novas informações, quando Milla se sobressaltou.

Mexendo nos bolsos do casaco, ela tirou a cópia que Lucas havia emprestado e um bilhete. Ela disse que Gui tinha dado isso a ela e pedido que mostrasse para as outras. Milla não havia lido ainda, pois se distraiu com o que tinham conseguido. Laura pegou o bilhete da mão da melhor amiga e leu em voz alta a letra grande e bagunçada do menino:

> Nos encontrem no 2º andar, às 17h30.

– Ih, lá vem. O que eles vão fazer dessa vez, hein? – disse ela ao terminar de ler.
– Não sei, mas eu disse que eles sempre ficam de planinho – lembrou Milla, revirando os olhos, e depois olhando o relógio. – Se formos, temos que nos apressar, temos um minuto até o horário combinado.
– Nós temos que ir mesmo? – perguntou Ali, sem parecer querer sair da cama.
– Acho que não temos muita escolha – respondeu Clara, suspirando antes que Sophie fizesse algum comentário dizendo o contrário. – Estou curiosa para saber o que eles querem.
– O que eles querem é óbvio – disse Sophie. – Sabem que estamos escondendo algo e querem saber o que é.
– Eu acho, So – interrompeu Liza, com um pouco de ironia e fazendo piada –, que o que ela quis dizer é que está curiosa em relação a como eles vão *abordar* o assunto.
– É, eles devem ter praticamente escrito um roteiro – comentou Laura, rindo, porém um pouco indignada. – Eles não deixam nada acontecer espontaneamente!
– Então, vamos. – Mas Aline não se mexeu. – Assim que eu encontrar forças pra levantar, nós vamos.

17

Reunião? Tá mais pra discussão no telhado

Dez minutos depois, elas tinham conseguido se forçar a levantar das camas e terminar as bebidas que tinham levado ao quarto.

Após isso, saíram do quarto e foram o mais silenciosamente possível para o local de encontro. Teriam chegado tranquilamente se não fosse por um imprevisto logo antes da escadaria. Com a correria da tradição, do Sonho e todos esses mistérios, haviam se esquecido de uma pessoa.

Ai, não. O Felipe!, Clara pensou assim que o viu cruzando o corredor com uma caneca na mão. Ele dormia num quarto separado dos outros garotos, então não sabia de nada do que estava acontecendo. Clara tentou puxá-las para um canto, mas foi tarde demais.

– Oi, meninas! – cumprimentou ele. Felipe era extremamente parecido com o irmão, com os mesmos cachos castanhos, os olhos escuros e a pele morena. Se o simpático menino de 11 anos não fosse mais baixo que Aline, os dois seriam idênticos.

– E, aí?! – cumprimentou Clara, mexendo nervosamente nos dedos. – Nossa, a gente tá na mesma casa e mal se vê.

– É, né? O que vocês estão fazendo aqui fora?

— Hã... — Ela não conseguiu pensar em algo rápido o suficiente.

Então, sabe essa sua tradição de família? Fala sobre um povo perdido, do qual seu ancestral fazia parte. Eu acho que eles têm poderes mágicos e estão convocando a mim e à Liza para fazer parte desse grupo. Mas nós estamos escondendo isso dos garotos e agora estamos indo encontrá-los em um esconderijo do seu irmão para ouvi-los tentando nos convencer a contar, ela pensou encenando uma conversa. *É, acho que falar a verdade não é uma opção.*

— Vamos para a cozinha — respondeu Laura, salvando a vida dela. Ok, talvez não a vida, mas pelo menos Cal não precisou passar vergonha na frente de Lipe. — Está muito frio, então íamos ver se conseguíamos um chá por lá.

— Ah... — ele riu um pouco, e Clara soltou o ar. — Eu fui fazer o mesmo. Tá tudo em cima da bancada, fiquem à vontade. Eu vou pro meu quarto, a gente se vê no jantar. Tchau!

— Tchau! — virou-se, e elas suspiraram. *Essa foi por pouco.*

— Vamos, meninas, estamos atrasadas.

Elas correram até o andar mais alto e andaram em silêncio. Clara achou a parede branca e viu uma fresta nela. *Uma porta! Que demais!* Cal abriu a "parede", e elas subiram as escadas até o telhado.

Clara encontrou os garotos espalhados por ali, mas só conseguiu prestar atenção na vista. Era linda! Vidrada pela beleza do Sol que terminava de se pôr, andou até a beirada do terraço. Ficou ali, parada, só olhando para o horizonte. Para uma floresta perto de um lago. Novamente, teve a sensação de um *déjà-vu* e ficou tentando entender o que a atraía para aquele lugar, além da nítida beleza.

A "reunião" já havia começado, mas para ela parecia mais uma briga do que uma conversa civilizada. Porém, Cal se desligara do ambiente e apenas observava o horizonte com curiosidade e reconhecimento.

Estava prestes a se virar para participar da discussão, quando do lado oposto alguém fez cócegas nela. Com um gritinho misturado com uma risada alta, que parecia mais um engasgo ou algo do tipo, e o susto, ela se desequilibrou e quase caiu. Mas a mão que antes fazia cócegas a segurou.

– Marcelo! – Clara exclamou e bateu nele. – Eu quase caí! Eu ia literalmente morrer de cócegas, já falei que não é pra você fazer mais isso em mim!

– Tá bem, tá bem – respondeu ele, rindo e mantendo o braço em volta dela em um meio abraço. – Você tá pouco se lixando para o que eles estão falando, né?

– Ah, sei lá, Celo – disse a menina, dando de ombros. – Vocês fazem tudo tão planejado que posso falar aqui para você todos os assuntos e argumentos que vão vir à tona.

– Verdade, mas *tudo* isso – disse o garoto, apontando para a briga – começou com você no carro. Eu assimilo as coisas rápido, sabia? Assim como você sabe que não vai ouvir nada de novo lá, eu sei que o assunto é com você, e não com elas. Me conta o que tá acontecendo para eu poder ajudar vocês! – Ela conseguia sentir a sinceridade na fala dele.

Clara fechou os olhos. Sempre contava as coisas para Celo, logo depois de contar para Rodrigo, o irmãozinho dela. Cal e Ro eram melhores amigos, assim como ela e Marcelo. Ela nunca admitiria isso, mas queria que o irmão estivesse ali naquele momento. Sabia que podia confiar em Celo, mas...

Caramba! Estamos parecendo o Flash na terceira temporada! Temos um segredo e qualquer um que perguntar eu já conto, dizia uma parte da sua cabeça dela.

Mas o Marcelo é confiável e nosso melhor amigo. Adoro as meninas, mas elas são muito... ansiosas. Se falarmos para ele, vai ouvir de verdade e também vai poder contar as descobertas do "outro time", a outra parte da cabeça discutiu.

Hunf, eu vou contar e foda-se também, o segredo é meu! Depois de contar, só vou ter que ir ali rapidinho rezar para a Liza não me matar.

Ela soltou o ar pela boca e abriu os olhos:

– Tudo bem, eu explico. Mas me conta primeiro o que você deduziu.

– Ah, não é muita coisa. Só me lembrei daquele seu pesadelo estranho e do modo como você estava agindo diferente em relação ao sítio e à caça. Acho que você sonhou com isso e está achando que talvez possa fazer parte desse "povo de Elena" – com essa última frase, Clara ficou boquiaberta, sem saber como reagir.

– E... O que você acha disso? – foi o que ela conseguiu dizer.

– Cal, eu te adoro, mas acho que você tá sendo inocente. – A menina sentiu o coração palpitante e estúpido cair no chão. É claro que ele não acreditaria naquilo. – Você está curiosa, todos estamos, mas a vida real não é como as séries de TV que a gente assiste.

– Certo... Entendi. Mas e se for verdade? E se, pela primeira vez, você tentasse ver as coisas do meu jeito? É só escutar e confiar em mim. – Ele assentiu, mesmo que estivesse visivelmente desconfiado. Clara suspirou e olhou para os outros, que já se acalmavam. – Bem, resumindo, eu e a Liza estamos tendo um mesmo Sonho.

– Espera, a Liza também tá nessa?

– É, achamos que a Ruiva Maluca... – o garoto abriu a boca para dizer alguma coisa, mas Clara o cortou: – Quer saber? Não sei resumir. Eu escrevi tudo em um caderno. Amanhã te dou ele, aí você lê e me pergunta o que quiser, ok? E só pode duvidar depois de ler e falar comigo.

Ele concordou, mas, antes de dizer qualquer coisa, foi interrompido:

– Own, que fofos! Eu shippo! – gritou Milla para eles. Clara sentiu o rosto queimar e se voltou para o grupo. Ela ignorou o comentário e, para tirar a atenção de si, perguntou:

– E aí, já se entenderam?

– Aham, a Sophie explicou que você está tendo uns *déjà-vus* bizarros com esses enigmas e que os sonhos eram sobre isso também – resmungou Guilherme.

Clara levantou as sobrancelhas e Sophie piscou discretamente como se dissesse um "De nada".

– Hã, é, é muito estranho e aí eu fico meio perdida, sabe? – Cal começou a sorrir, mas se forçou para ficar natural. *Mente direito só desta vez, senão você vai se ferrar*, pensou. – Está esfriando mais. Vamos descer? – ela sugeriu, meio nervosa.

Nossa, você é a discrição em pessoa, parabéns!, disse a Rebeldia.

Ah, cala a boca, você também não ajuda em nada, retrucou Clara para os próprios pensamentos.

Mas todos concordaram e começaram a descer, um empurrando o outro para chegar primeiro.

A menina pulou os últimos sete ou oito degraus e caiu sentada no chão. Ela deu risada e Vini, que era o último e estava logo atrás, ajudou-a a se levantar.

Clara agradeceu, e os outros já tinham começado a andar, quando o menino tirou um estranho chaveiro do bolso. Ele movimentou o quadrado dourado com precisão e criou uma chave simples e retangular.

– Que demais! – exclamou ela. – Vira qualquer coisa?

– Acho que sim. É uma herança de família que tenho desde sempre. Aprendi a fazer essa chave, mas meu avô me disse que vira qualquer coisa que eu imaginar. Quando estou entediado, fico mexendo nele. – O garoto trancou a porta e a chave virou um cubo novamente. – É como um quebra-cabeças.

Ele entregou o cubo para que Clara pudesse examiná-lo. Ela mexeu um pouco com ele até ver uma imagem gravada na superfície dourada. A mesma que ela tinha visto nas cartas. Nesse momento, uma ideia atingiu Clara tão rápido que ela mal teve tempo de organizar os pensamentos antes de gritar:

– Esta é a chave!

– É, é a chave para o telhado, Tischler. – Vini, assim como os outros, olhavam confusos para ela.

– Não! É a chave do negócio que abre, porque vai no quebra-cabeças e... – A garota começou a enrolar a língua e a falar coisas sem sentido. Isso sempre acontecia quando o fluxo de pensamentos dela acelerava e ela ficava animada.

– Calma, Clara, respira – disse Sophie, entendendo o que estava acontecendo com a amiga. – Primeiro organize o que você vai falar em sua cabeça e depois fala devagar para a gente.

– Ok... – ela respirou e montou as frases na cabeça e depois disse devagar para não errar: – Esse chaveiro dourado é a chave da porta dos fundos. É só pensar no que a carta dizia. Sempre esteve com o Vini, ele só não sabia como usar. Basta imaginar a fechadura da porta para criar a chave. – Ao terminar, ela sorriu, orgulhosa de si mesma tanto pela dedução como por ter falado tudo certo e sem gaguejar. – "O conhecimento é como um quebra-cabeças". Além disso, essa marca aqui estava nas outras duas cartas. Eu acho que é como o brasão desse povo. Ela deve estar em todas as coisas relacionadas com a Caçada de Elena.

– Eu não acredito que perdemos um dia inteiro e a chave estava com você o tempo todo! – Guilherme falou alto, irritado novamente.

– Ah, cala a boca e para de ser chato, Gui. Você não fez *nada* para ajudar. Só ficou gritando e brigando com todo mundo – respondeu Aline, aproximando-se e falando irritada com ele.

Mesmo sendo mais baixa, Ali parecia estar olhando-o de cima. Ela tinha um temperamento forte e em alguns momentos poderia passar rapidamente de "rindo até cair" para "sai debaixo se não quiser tomar na fuça". Quando ficava muito brava, o melhor era se desculpar e sair da frente.

– Gente, parem de brigar! – pediu Rafael, parecendo cansado desse tipo de dinâmica. – Já passou, e a gente se divertiu enquanto procurava. Amanhã nós vemos isso. Temos outros planos para a noite.

– O Rafa tem razão – concordou Liza. – Vamos lá que eu estou com fome e quero saber que planos são esses.

O grupo foi então para a cozinha, jantou, juntou-se em um quarto e passou a madrugada conversando. Quando já estavam cansados demais para manter os olhos abertos e não falavam mais coisa com coisa, resolveram ir dormir. Clara deitou-se na cama e caiu em um sono pesado.

18

Mais um sonho, algumas informações e uma nova conhecida

Assim que abri os olhos, vi-me novamente de frente para o lago ao pôr do Sol. Tudo estava exatamente igual à última vez. Nunca havia estado aqui de fato, mas já havia visto este lugar outras vezes. Eu estava no Sonho, sabia o que aconteceria e o que deveria fazer.

Olhei para um lado e vi meus amigos sentados em uma toalha de piquenique. Prestei atenção no rosto de cada um, todos pareciam surpresos e olhavam para mim. Menos Liza.

Ela tinha a expressão nervosa, o que era reconfortante para mim, porque significava que ela estava lá comigo. Minha amiga piscou cinco vezes. "Você está aí?". Aliviada, pisquei duas vezes e, então, quatro. "Sim. Tudo bem?". Liza me respondeu piscando novamente. Duas, seis, sete. "Sim. Preste atenção. Relaxa, é só um sonho.". Assenti quase imperceptivelmente.

Na noite passada, chegamos à conclusão de que a nossa amiga, popularmente conhecida como Ruiva Maluca, talvez não saiba que a Liza também está consciente. Isso pode ser uma vantagem para nós, então preferimos manter assim. Por isso, criamos um código "básico", como um que li uma vez em um livro. Fizemos uma lista contando piscadas:

Uma = Vamos embora agora!
Duas = Sim.
Três = Não.
Quatro = Tudo bem?
Cinco = Você está aí?
Seis = Presta atenção, ~~poxa, segue o plano.~~
Sete = Relaxa, é só um sonho.

Terminamos nossa rápida conversa silenciosa e me virei para a jovem. Desta vez, andei até perto dela e consegui vê-la melhor. Parecia ainda mais baixa de perto, batia no meu queixo, mas era altiva, confiante. Ela sabia que mandava no Sonho.

De perto, aparentava ser uma mulher normal, embora extremamente bonita. A única coisa que não ficou mais simples, mais normal, mais humana, foram os olhos. Estes ficaram ainda mais brilhantes, mais profundos, mais mágicos.

– Pensei que tivesse dito que não ia mais ficar tão calma. – Eu me repreendi automaticamente por dizer algo tão estúpido, mas ela apenas me encarou, primeiro confusa e depois surpresa, eu acho. Não era fácil lê-la.

– Você se lembra de mim. – Era uma afirmação, e não uma pergunta.

– É, né? Geralmente a gente se lembra quando uma moça invade os nossos sonhos e começa a controlá-los. – Esse lugar deve ter algum tipo de filtro que me faz falar tudo que eu penso. Não é possível que eu seja tão idiota.

– Interessante. – A jovem fez uma pausa. – Isso é meio incomum.

– Legal, quer dizer que eu sou tipo uma divergente do seu povo? – perguntei, animada. – Mas, então, vai dar uma de maluca e tentar me fazer atirar de novo? Ou a gente pode ter uma conversa civilizada?

– Primeiro, preciso entender você melhor. Depois, você terá, sim, que atirar. E divergente? Não, você é só, digamos, mais, hã... – ela estava buscando uma palavra. Provavelmente alguma que não me assustasse. Estaria tentando uma abordagem menos hostil?

– Poderosa? – tentei, e ela mordeu levemente o lábio inferior. Talvez quisesse negar, mas não disse nada, então eu continuei: – Tipo, tenho algum poder mais forte que o da maioria? Calma, eu tenho poderes? Caramba, agora eu sou tipo uma sangue-nova de "Rainha Vermelha"! Eu sinceramente não sei direito como funciona esse negócio do povo de Elena.

– Espera um pouco. – Ela estava nitidamente perdida.

– Você sabe quem é Elena M. Torres, né? Calma, você é a Elena?

– O quê? Não! O que você sabe sobre ela?

– Isso é um "sim" para a primeira pergunta?

– Isso é um "não é da sua conta", só me explique.

– Com certeza é um "sim".

– Olha, você fala tanto que eu nem lembro qual foi a primeira pergunta – a garota disse, irritada porque eu a estava ignorando.

– Tudo bem, vou te responder, mas também tenho perguntas. Vamos fazer um trato, então. Respondo às suas com o máximo de sinceridade se você fizer o mesmo por mim.

A Ruiva Maluca assentiu e disse para que eu começasse.

– Ok. Eu sei que ela é a rainha de um povo mágico, que era apaixonada pelo ancestral do meu amigo e que deixou uma carta para ele. Nós fazemos parte da Caçada dela.

– *Entendi* – *ela murmurou.* – *Eu conheço a lenda da Caçada, sei que ela está acontecendo e que você e seus amigos estão participando. Sempre ficamos de olho, por mais que nunca tenham tido sucesso.*

– *Ok, minha vez, agora. Responda com sinceridade total. Você tem poderes para fazer isso, né? Eu tenho poderes também? Como funciona?*

– *São muitas perguntas.*

– *Mas são todas interligadas, então vale como uma.* – *Ela bufou e balançou a cabeça, mas respondeu:*

– *Tenho poderes, sim. Todos do nosso povo têm. Só são totalmente despertados depois da Iniciação, mas muitas vezes se manifestam antes disso em menor quantidade e mais descontrolados. Por isso, quando descobrimos um de nós, buscamos iniciar a criança o mais rápido o possível. Caso contrário, ela poderia machucar alguém sem querer ou se machucar. Isso geralmente acontece entre os 3 e 5 anos até os 15. Quanto a você ter poderes* – *naquele momento, elas sentiram um tremor* –*, não temos tempo, devemos ir.*

– *Tá de brincadeira com a minha cara? Isso é hora de "To be continued"?*

A garota mais velha, porém, parecia um pouco preocupada: ela tinha voltado a morder o lábio.

– *Você e Eliza Zavala devem continuar a Caçada.* – Fiz uma cara de espanto, e Liza também. – *Como disse, nós ficamos de olho na Caçada, principalmente quando temos uma Sonhadora. Sonhadores não costumam andar sozinhos.*

Superando o choque, enquanto a Ruiva Maluca se virava, questionei:

– Vamos nos ver de novo para terminar as explicações? E a coisa doida do tiro, você desistiu? Como você sabe nossos nomes? Qual é o seu nome?
– Você não terá mais Sonhos, já foi convocada e já aceitou o chamado. Entretanto nos encontraremos novamente para que vocês duas passem pela Iniciação. Apenas continuem a Caçada e tudo se resolverá.
E, então, sumiu.

19

Como sair de um sonho

Assim que a ruiva desapareceu, corri na direção de Liza, que já estava em pé. Nenhuma de nós conseguia falar, provavelmente por causa do pânico de sermos deixadas para trás.

O que sei é que minha amiga tinha prestado muita atenção na conversa e ouvido cada palavra que dissemos, anotando tudo mentalmente.

Ao mesmo tempo, piscamos uma vez bem forte. Olhei rapidamente para a escuridão que se aproximava e para a trilha do lado oposto. Agarrei-a pelo braço e saí correndo. Atravessamos aquele bosque, que parecia não ter fim, e chegamos a uma clareira, onde havia uma bifurcação.

Virei-me à esquerda instintivamente e corri como se minha vida dependesse daquilo. Bem, tecnicamente dependia. Depois da clareira, não tivemos que escolher nenhum outro caminho, porém isso não me deixou mais tranquila. Podia sentir a massa preta sufocante atrás de nós e estava apavorada pela ideia de ser consumida por ela de novo.

Passado algum tempo, o caminho cheio de curvas irregulares se tornou uma linha reta visivelmente planejada, que seguia até uma área menos densa do bosque. A trilha deu lugar a mais uma clareira com algumas árvores cortadas e materiais de construção muito antigos.

Virando novamente para a esquerda, nos deparamos com uma parede velha. A pintura estava tão descascada que não tinha nem como saber de qual cor havia sido pintada. Havia trepadeiras crescendo por toda a extensão, parecendo mais uma cerca viva.

Ao longe, um muro era visível. Uma porta ficava mais para a extremidade. Eu acho que nunca corri tanto quanto naquele momento, seguindo desesperada em direção à porta e ainda agarrando Liza pelo braço.

Havia uma carta na porta. A minha mão tremia, mas não dei atenção a isso, pois todo o meu foco estava em girar a maçaneta.

Trancada, óbvio. Por que eu teria a sorte de achar uma porta aberta?

Dezenas de tentativas e várias lágrimas depois, finalmente desisti e me agachei para ver a carta. Liza ainda estava quieta, paralisada. Ela não tinha quase nenhum controle aqui, tão longe do lago. A escuridão foi ao encontro do meu corpo encolhido e trépido. Antes disso, só consegui ver o nome da remetente. Em letras pequeninas e delicadas, lia-se:

> De vossa Majestade, Rainha Elena M. Torres.

Só podia ser, não é mesmo?

20

Um passeio não programado no bosque

Na sexta de manhã, Clara acordou assustada com o Sol forte batendo diretamente no rosto dela. Ela não conseguia nem ficar brava por terem esquecido de fechar as cortinas, estava muito aliviada em ver a luz.

Além da luz, ali tinha sons e tudo mais. Ela estava de volta ao mundo real. Estava segura naquele quarto. Quando conseguiu acalmar a própria respiração, a menina resolveu abrir os olhos e se levantar para fechar um pouco as cortinas, para não incomodar as outras.

A boa notícia é que ela não teve que se levantar para fazer algo. A ruim é que não havia cortinas para serem fechadas, porque Clara não estava no quarto.

Estava no meio de um bosque.

Ficando nervosa de novo, olhou ao redor e depois para si mesma para verificar se estava bem. Tudo estava no lugar. Tudo menos ela.

Cal respirou fundo e tentou se lembrar de como tinha ido parar do lado de fora. Lembrava-se em detalhes do Sonho, mas não tinha certeza de nada entre o jantar e a hora de dormir.

Em uma tentativa de se tranquilizar, levantou-se e começou a caminhar pela trilha. Não tinha a mínima ideia do que estava fazendo, estava morrendo de fome e com vontade de ir ao banheiro, mas se pensasse muito naquilo entraria em pânico, e não podia se dar o luxo naquele momento.

Depois de alguns minutos de caminhada nervosa e desastrada, ouviu o próprio nome. A Sonhadora seguiu um pouco mais rápido por aquele caminho. No fim da trilha, Clara pôde ver Laura e Marcelo. Correu até eles e os abraçou, tentando esconder o fato de que o corpo todo dela tremia um pouco pelo medo de não conseguir encontrar o caminho de volta.

– Caramba, o que aconteceu, Maria Clara?! Você não pode nos assustar assim! – advertiu o menino, parecendo bravo de verdade, o que ela teve que reconhecer como um acontecimento raro. Mas logo deve ter percebido que a garota estava assustada, pois pegou a mão dela e tentou fazer piada: – O homem chamado Jack poderia ter te pegado.

– Hã? Quem? – Clara questionou, confusa, sem soltar Laura (que tinha o melhor abraço do mundo), porém grata por ele tentar animá-la.

– Não importa agora – respondeu Lau, levantando o rosto dela e fazendo com que ela visse as grossas sobrancelhas pretas comprimidas. – Como você veio parar no bosque? Tipo, nós acordamos e você simplesmente tinha sumido!

– Olha, essa é uma boa pergunta. Eu também queria saber o que é que vim fazer aqui.

– Vamos discutir isso assim que voltarmos, ok? – disse a garota, mirando-a com os olhos severos e preocupados. – Agora chega de cena bonita, temos que subir antes que a tia Hana descubra que você saiu do quarto no meio da noite.

– Laura agarrou Cal pela mão e, com Celo logo atrás, subiram correndo para o quarto.

Quando entraram, depois de uma pausa para Clara ir ao banheiro, o quarto estava quase vazio, exceto por duas pessoas. Aline estava sentada em uma cadeira – que ela não sabia de onde tinha vindo – ao lado da cama, com os cotovelos apoiados nas pernas e as mãos apertando os olhos por baixo dos óculos.

Liza estava na cama aparentemente dormindo. Ao se aproximar, porém, pôde ver que ela suava e se debatia um pouco. Preocupada, Clara se aproximou da cama, apoiando-se na cadeira da amiga e perguntou:

– Ela está bem? – *Nossa, mas que pergunta mais idiota,* pensou enquanto falava e então tentou consertar: – O que aconteceu?

– Era isso que eu ia perguntar para você, Clara – disse Aline, levantando o rosto e mordendo os lábios. – Quando acordamos, cerca de meia hora atrás, vimos que você não estava aqui e que Liza estava... assim. Milla, Sophie, Laura e Marcelo foram te procurar. Achávamos que talvez... talvez você soubesse o que fazer e tivesse saído para buscar algo para ajudá-la.

– Mas eu não sei – respondeu ela, sentindo-se culpada por fazer aquele pingo de esperança sumir dos olhos âmbares de Ali; afinal, Liza era a melhor amiga dela. – Eu às vezes sou um pouco sonâmbula, mas não ando tanto assim, não faço a *menor* ideia de como fui parar na floresta e não sei o que aconteceu com a Liz. Me desculpe.

– Acham que pode ter sido algo que fizemos ontem à noite? – lançou Celo para as meninas. Ele ainda estava perto da porta, que agora estava fechada.

– Eu nem sei o que fizemos ontem à noite! – Clara bufou, sentando-se em uma cama vazia. – Esse dia só tá piorando. Primeiro, aquele Sonho horrível. Depois, acordei no meio do bosque sem me lembrar de nada, e agora Liza...

– Espera, Cal, você teve o Sonho ontem? – indagou Lau, colocando o braço nos ombros dela. – Liza estava com você? O que aconteceu?

– Sim, ela estava. Eu falei um pouco com a Ruiva Maluca antes de a visão acabar. Ela sabe que Liza também os tem. – Preocupada, Clara continuou: – Acham que é por isso?

– Não sei, se a Ruiva Maluca não fez nada no Sonho que ela controla, não sei por que faria aqui fora – Laura ponderou, com as sobrancelhas franzidas. – Não deve ser isso. Ou pelo menos não só isso. Não se lembra mesmo de nada de ontem?

Ela negou com a cabeça.

– Sei que talvez não seja hora para isso, mas que Sonho, que Ruiva Maluca e o que isso tem de importante? – Celo parecia mais perdido que barata tonta.

– Lembra o que te contei na reunião? Sobre a Caçada e o que isso tinha a ver comigo? E você não acreditou? – Marcelo concordou, as bochechas sardentas ficando vermelhas. – Bem, é verdade mesmo, e eu te explico direitinho depois, mas agora você só precisa confiar na gente.

O único garoto no quarto assentiu. Laura começou a contar, tentando ver se as memórias da amiga voltavam aos poucos, sem sucesso:

– O jantar foi perto das 19h, mas os meninos tiveram uma ideia melhor do que dormir cedo. Ficamos fora até as 2h.

– Pera, e que horas são? – Cal perguntou, agitada demais para pensar apenas no que importava.

– Irrelevante, mas quase 9h30.

– Isso explica o porquê de eu estar com tanta fome e sono. Só dormimos, o quê, seis horas? – ela murmurou fazendo piada por estar em "modo defesa".

– Clara, foco! Você não se lembra de nada do que aconteceu ontem depois do jantar!

– É, é, percebi isso, mas o que perdi de tão importante?

Laura abriu a boca para começar a contar, porém Marcelo a interrompeu. Segundo o garoto, a versão dele estaria mais completa, graças ao tempo dividido entre meninos e meninas. Elas concordaram, mandando ele ir logo com aquilo para que pudessem tirar Liza daquela situação.

Então, ele começou.

21

O que aconteceu na noite passada

Marcelo acordou feliz naquela manhã, com as lembranças da noite anterior o inundando. Aquela felicidade durou cerca de dez segundos, até que ele percebesse por que tinha acordado.

Laura e Milla chacoalhavam-no tanto que o garoto quase caiu no chão. Elas sussurravam frases sem sentido para não acordar os outros, só que não adiantava que tomassem esse cuidado se o chacoalho fizesse tanto barulho. Nenhuma das duas pareceu reparar nesse detalhe.

O loiro conseguiu acalmá-las o suficiente para levá-las para fora do quarto e fazer com que as garotas lhe contassem o que estava acontecendo. Aparentemente, Clara havia desaparecido no meio da noite e Liza estava tremendo de febre.

Aquela notícia fez com que qualquer resquício de sono sumisse.

Duas das amigas estavam com problemas. A melhor amiga dele tinha sumido. Ela ainda era a melhor amiga dele, certo? Mesmo depois do que tinham conversado de madrugada?

Celo tinha uma queda por Clara havia muito tempo. Chegou a gostar de outras garotas e já havia namorado uma. Só que esse sentimento por Clara sempre estava lá, apenas esperando que ele baixasse a guarda. E isso o apavorava um pouco.

Cal sempre foi a melhor amiga dele, e ele já tinha quase estragado tudo ao se afastar no ano anterior. Agora que tinham retomado a amizade, não queria perdê-la para uma "paixonite", como o pai dele tinha chamado quando conversaram sobre isso.

Mas será que era mesmo só uma paixonite? E se ela correspondesse aos sentimentos dele? Essas dúvidas corroíam a mente do garoto sempre que ela sorria de verdade na direção dele ou o olhava com aqueles olhos castanho-esverdeados como se soubesse ler a mente dele.

Ele se apaixonava um pouco toda vez que Clara corava por ser o centro das atenções e quando começava a falar embolado ao ficar muito animada. Ela estava sempre com fome, então ele guardava biscoitos pra ela. Cal gostava de fazer teorias sobre o que via e lia, então Marcelo assistia junto para que pudessem conversar a respeito.

Acontece que durante a madrugada ele por fim tinha juntado coragem para contar isso a ela. Foi provavelmente uma das melhores noites que o garoto já tivera. Mas é óbvio que, na manhã seguinte, as coisas dariam errado.

Ele e Lau resolveram sair da casa para procurar a amiga, enquanto Milla e Sophie procurariam do lado de dentro e Aline ficaria no quarto tomando conta de Liz e esperando que alguma dupla voltasse com respostas.

Ali estava tão preocupada com Liza quanto ele estava com Cal, portanto ninguém disse nada quando ela sugeriu que esperasse no quarto. Na verdade, era até melhor que alguém ficasse de olho na garota.

A procura começou por volta das 9h. A morena foi a primeira a perceber o que estava acontecendo, pois tinha o sono leve e acabou acordando com a movimentação de Liza.

Meia hora depois, finalmente conseguiram encontrar Clara, bem a tempo de evitarem esbarrar com outras pessoas que depois estariam acordadas. Entretanto, os problemas que eles tinham eram maiores do que alguns questionamentos.

Ele mesmo narraria à melhor amiga o que tinha acontecido na noite anterior:

– Tudo bem, hã, depois de jantarmos, Vini resolveu nos levar até um lago aqui perto. A ideia era fazer uma fogueira e ficar conversando no píer que tinha lá. Então nós fomos e, depois que o Vini finalmente achou o caminho, porque nós passamos pelo menos uns quinze minutos totalmente perdidos à luz de lanternas, chegamos ao lago. O lugar é bem bonito. Sério, se você não se lembrar, temos que voltar, você amou a vista, mesmo que estivesse olhando meio desconfiada para o lugar no começo e...

– Celo, nós não temos tempo para você ficar falando do que ela achou do lugar! – interrompeu Ali. – Se você vai enrolar tanto, deixa que eu conto.

– Nós ficamos no tal píer conversando sobre os enigmas, sobre a porta, a chave e tudo mais, sabe? Bem, fomos compartilhando teorias e conversando sobre outras coisas também. Brincamos de "eu nunca", "verdade ou desafio", essas coisas, até que o relógio marcou 22h. Aí, sabe como é, né... Estava tarde e a gente conversando, ficou todo mundo meio bêbado de sono e começamos a falar merda. Acabou que, numa dessas, nós mencionamos algumas coisas sobre o Sonho. Eles nos perguntaram o que o Sonho tinha a ver com a Caçada de Elena e nós inventamos as piores desculpas esfarrapadas da vida!

– Da vida, não. Do universo! – comentou Laura, aproveitando a deixa para continuar a história: – Olha, a Ali deu uma resumida extrema e acabou pulando uma parte muito importante. Entre uma brincadeira e outra, teve uma hora que começamos a cantar músicas de frente para a fogueira. Uma delas era "Little Things", do One Direction, e você sabe como a Milla ama essa banda, né? Então, bem nessa hora, o Vini perguntou se a Milla queria namorá-lo. Aleluia, porque já estava demorando para esses dois se acertarem de vez. E você e o Marcelo estavam falando de alguma coisa também...

– Não era nada, só estávamos combinando a próxima música – ele interrompeu, vendo Cal dar de ombros e Laura o encarar. – Continua logo!

Ele podia ser considerado um covarde ou um último romântico. Independentemente, preferia que não fosse Laura a contar para Clara sobre a declaração. Até porque os dois haviam sido interrompidos, e ele queria ter certeza absoluta de que era realmente correspondido.

– Ok, então, voltando para as desculpas esfarrapadas... Vini, Rafa e Caco até que caíram, não estavam mais prestando muita atenção, mas o Gui... Ele sempre desconfia e sacou que a gente estava mentindo e ficou insistindo tanto que nós quase contamos. Só que o Marcelo reforçou o que a Sophie tinha dito na quinta sobre os *déjà-vus* que tinham dado a resposta para uns enigmas e que não contaram para não dar muita expectativa. Ele aceitou, ainda bem, e então...

– Mentira! – interrompeu o garoto, que queria tomar partido da história. – Deixa eu explicar melhor. Ele não caiu, mas outro dia a gente falou para ele que, quando ele fica insistindo muito, acaba é sem saber de nada. Então, ele fingiu que aceitou a minha explicação.

– A partir daí, o clima ficou meio estranho, mas o Gui pegou um livro de terror que ele trouxe e nós começamos a ler. Era meio engraçada a história, sabe, porque ficava repetindo toda hora "o homem chamado Jack abriu a porta, depois o homem chamado Jack entrou na casa" e coisas assim. Numa hora, ouvimos um grito seguido de uma risada. Não era de nenhum de nós, tinha vindo da floresta, e resolvemos olhar o que era.

– Vocês são idiotas?! – perguntou Clara, e ele quase riu, pois ela foi a primeira a se oferecer para ir.

– A pergunta certa seria "nós somos idiotas?!" – respondeu Milla. Ela e Sophie haviam acabado de entrar no quarto. – E a resposta é "sim, muito", mas você estava ansiosa para olhar o bosque. A gente deu uma de Scooby-Doo e nos separamos para procurar pistas. – Os amigos riram da comparação, e Cal fez uma careta, pensativa.

– Você, a Liza e a Ali foram juntas. Ninguém achou nada, mas já era tarde e preferimos voltar pro sítio. No caminho, o Vini se perdeu, e acabamos indo parar numa outra trilha, parecia que estávamos indo para a parte de trás da casa. Liza achou o caminho de volta de algum jeito.

– Quando chegamos aos quartos, vocês contaram que tinham encontrado alguém, mas, seja lá quem fosse, tinha ido embora – Sophie assumiu a narração. – Perguntamos como a Liza tinha conseguido achar o caminho, e ela respondeu que tinha imaginado algo como um desenho de um mapa e que conseguiu *enxergar* o mapa, enxergar o caminho!

– Mmm... Isso tá estranho – disse Clara, pensando em voz alta.

– Qual parte? Tirando a história inteira – inferiu Sophie, sentada ao lado da Sonhadora.

– Logo depois de encontrarmos a tal pessoa, ela viu esse "mapa". E, além disso, acho estranho termos visto alguém e a pessoa ter ido embora. Quer dizer, essa pessoa se deu ao trabalho de invadir uma propriedade e de se deixar ser encontrada. O que queria conosco?

– Eu... só me lembro de ter encontrado alguém, não me lembro de mais nada desse encontro – comentou Ali, espantada por não ter percebido isso até agora.

– E se... Bem, nós conhecemos uma pessoa capaz de ter visões – começou a de cabelos castanhos, mordendo os lábios.

O que você está escondendo?, Marcelo pensou, e Clara continuou:

– E se essa pessoa tiver alterado nossa memória do encontro? Só que isso pode ter deixado um efeito colateral. Por isso tivemos o Sonho de novo e, enquanto eu fui parar de volta nessa trilha, a Liza ficou... assim.

– Mas o Sonho pode fazer isso? Eu tinha entendido que era só uma mensagem. – Marcelo ainda estava tentando entender toda a história de magia.

Clara corou um pouco e se encolheu, dando de ombros. Foi então que ele entendeu que, por mais que estivesse tentando manter a pose confiante e líder do grupo, Cal também não fazia a menor ideia das regras desse jogo.

Celo só queria saber por que ela pensava que precisava lidar com tudo daquele jeito. Por que ela não entendia que não precisava sempre saber de tudo, responder tudo, ajudar a todos?

– Supondo que essa pessoa apagou nossa memória – a garota continuou –, os efeitos começaram logo depois. Isso fez a Liza enxergar o mapa e pode ser por isso que ela está assim agora.

– Faria sentido se só vocês estivessem lá – disse Ali, limpando os óculos nervosamente. – Mas eu estava com vocês também. Por que eu não fui afetada?

– Pelo mesmo motivo que você não tem tido o Sonho como elas – interveio Milla, quando ninguém mais respondeu. – Você não é do povo de Elena ou alguma coisa assim.

– Mas o que uma coisa tem a ver com a outra? – perguntou Marcelo, notando que eram quase 10h e que logo viriam procurá-los.

– Bem, tudo tem a ver com isso ultimamente. Além disso, nós só conhecemos uma pessoa que pode ter o poder de alterar a memória de alguém. Cal, você disse que a Ruiva Maluca não sabia que a Liza também era uma Sonhadora antes desse Sonho. Ela pode ter pensado que ela ficaria igual a Ali, que está bem. E quanto a você... Bem, ninguém sabe se o que aconteceu com você não foi efeito colateral de algo que aconteceu com a Liz.

– Espera – interrompeu Clara, antes que alguém pudesse responder sobre a teoria. Olhando no rosto dela, Marcelo pôde vê-la chegar a alguma conclusão que era desconhecida a ele e às amigas.

– O que foi? – incentivou Laura quando ela não disse mais nada.

– Você disse "poder". Disse que ela era a única pessoa que conhecíamos que poderia ter esse *poder*. – Milla concordou, parecendo não entender o ponto. – A Ruiva tinha dito para mim algo sobre pessoas desse povo terem poderes e que eles eram despertados com algum tipo de Iniciação. Ela mencionou algo sobre como usar os poderes antes disso pode ser prejudicial para nós mesmos. E se, quando a Liza viu o caminho que a gente tinha que usar, ela sem querer usou o poder dela?

O quarto ficou em silêncio por um instante. Então, Aline falou em voz baixa:

– Eu me lembro muito pouco do encontro – revelou ela, franzindo a testa. – Tinha três pessoas, eu acho: dois meninos e uma menina. Eles pareciam estar nos esperando, mas então... – Ela fez uma careta confusa. – Eu não sei. Tudo ficou escuro...

Marcelo teve a impressão de que Clara se encolheu um pouco com a descrição do acontecimento, porém deixou isso de lado quando Cal começou a dizer que a mulher devia ser a jovem do Sonho e que os outros dois deviam fazer parte dessa aldeia.

Mas havia uma dúvida que ainda martelava na cabeça dele: *como teriam chegado aqui?*

– Mas... se os poderes são despertados com a Iniciação e, segundo a sua teoria, Liza não participou dessa coisa, como ela usou os poderes?

– Não, acho que não é assim. Os poderes se manifestam, na maioria das vezes, de maneira leve. Só que, como fizeram magia na gente diretamente, a magia da Liz pode ter sido acordada. Pelo menos eu acho. Sou nova nessa coisa toda também.

Eles gastaram um momento considerando a nova teoria e pensando o que fariam com ela. *No que estamos nos metendo?*, Celo se perguntava.

– Caramba... – murmurou Milla, por fim, quebrando a quietude. – Todas essas coisas estranhas ao mesmo tempo. Três dias atrás, meu maior problema era montar uma dança da vitória.

– Imagina se a Cal não estivesse aqui também? Ainda estamos aprendendo a acreditar em tudo isso, nunca conseguiríamos ajudar a Liza – disse Sophie, tentando parabenizar a melhor amiga.

– É, talvez. – Clara não parecia muito feliz com a constatação. Estava mais pressionada do que nunca. – Precisamos focar! Se a Ruiva Maluca fez isso, ela saberá como reverter também.

– Como você vai atrás dela e ainda exigir ajuda, depois de ela, como você disse, ter te dado "um Sonho horrível"? – questionou o loiro.

– Deixa comigo, não precisam se preocupar – a Sonhadora respondeu, dando de ombros, o que não o ajudou em nada a relaxar. – O importante agora é a Liza voltar a ficar bem.

Marcelo suspirou, aceitando que não conseguiria convencer Clara a se cuidar um pouco naquele momento. Por mais que ele não gostasse muito da ideia de Clara falar com a moça, aquela era a única, e infelizmente a melhor, alternativa deles.

– Marcelo, eu sei que você sabe que estamos com pressa e entendo que você está nervoso, mas você pode perguntar logo o que está pensando? Eu não leio mentes – disse Clara, irritada, parecendo *realmente* ter trazido à tona os pensamentos.

Como ele se considerava um cara esperto, não questionaria o fato de ela ter lido perfeitamente os sentimentos dele. Também resolveu não falar nada sobre ela saber que ele queria fazer uma pergunta. Em vez disso, perguntou:

– Eu realmente não sei se quero mesmo ouvir a resposta, mas lá vai. Qual é o seu plano?

– Ah! Que bom que você me conhece o bastante para saber que no quesito "planos" eu cursei com Aelin Galathynius. Mas, relaxa, como qualquer outro ser do universo, não chego aos pés dela. Não vou ser nem de perto tão maluca e suicida. De qualquer jeito, vocês têm sorte por eu ser o tipo de pessoa que consegue dormir a qualquer hora, em qualquer lugar.

22

Um plano terrível

Dez minutos mais tarde, o tal plano havia entrado em ação, e Clara estava sonolenta na cama. A ideia era simples, um pouco arriscada, mas suficiente para trazer Liza de volta. Tinha que ser.

Tudo que ela precisou foi remontar a rotina noturna que, junto com a sonolência da noite maldormida, a faria pegar no sono e torcer para que quando dormisse fosse levada para o Sonho, no qual ela esperava conseguir ajuda para a amiga.

Milla, Laura e Sophie tinham acabado de sair para o café da manhã. Não porque estavam com fome, mas para ganhar um pouco mais de tempo. Marcelo estava na porta esperando meio nervoso, meio impaciente, que Cal caísse no sono.

Durma, entre no Sonho, ache a Ruiva e volte com a resposta para ajudar a Liza, ela repetia o passo a passo mental e ininterruptamente.

Era simples. Entrar, conversar, sair, ajudar. Só que ela entraria em um terreno hostil, com uma pessoa que não sabia se era confiável e que poderia muito bem não ajudar ou, pior, não a deixar sair e prendê-la naquele vácuo para sempre.

Esse tipo de pensamento quase fazia com que ela desistisse, mas ela sabia que, no fundo, não tinha escolha. Não quando Liza corria perigo. Ela nunca mais conseguiria se olhar no espelho se não fizesse o possível para ajudá-la.

Os olhos mal se mantinham abertos quando ela se virou para Aline e disse:

– Me dê dez minutos. Se eu não voltar, me espere até quinze. Se mesmo assim não estiver acordada, você precisa me acordar.

– Mas a gente não sabe se dá pra fazer isso! – protestou a amiga, o pânico visível nos olhos dela enquanto Celo se mexia desconfortavelmente no lugar.

– Eu sei – Clara murmurou, com a voz distante. – Mas eu vou voltar em dez minutos...

O sono a embalou, levando-a para o mundo dos sonhos em um instante.

Estou naquela cena que havia se tornado familiar nos últimos dias. Tudo igual, exceto Liza, que antes permanecia sentada junto aos nossos amigos, mas que agora jogava pedrinhas na água, sem notar minha presença.

E ela não está desacompanhada. A Ruiva Maluca estava ao lado dela, jogando pedrinhas com força. Ela estava brava, só esperava que não comigo.

Sem perder mais tempo, aproximei-me fazendo um pouco de barulho, o que fez com que Liza se virasse. A Ruiva, por outro lado, apenas ignorou. Mistérios e enigmas são a minha praia, então normalmente eu adoraria tentar descobrir o que se passava na cabeça da Ruiva. Porém não hoje, não quando a segurança de uma das minhas melhores amigas está em jogo. Então, perguntei calmamente o que queria saber:

— Ei! Que droga é essa que tá acontecendo? Por que a Liza está aqui? E o que diabos está fazendo ela tremer daquele jeito lá fora?!

Ok, talvez eu não esteja tão calma. Mas, em minha defesa, a jovem praticamente espumava quando me respondeu:

— Não venha com essa que você é tão culpada quanto eu, Maria Clara.

O quê?

— Eu disse que estávamos acompanhando a Caçada. Um bando de crianças e adolescentes mágicos e pouco supervisionados acompanhando um jogo.

Fiz uma cara de "E eu com isso?" e ela continuou:

— Você e Liza tentaram esconder o fato de ela ser uma Sonhadora, e eu entendo isso. Porém, graças aos seus esforços, ela não ficou registrada como uma, como deveria. Os três que estavam aqui ontem à noite não sabiam sobre ela e não pensaram antes de usar magia para se proteger. Eles tomaram cuidado o bastante com você para não a sobrecarregar, mas não com a Liza. Pode imaginar minha surpresa quando tive que recomeçar o Sonho para resgatá-la.

Depois disso, fiquei quieta. Nunca pensamos muito nas possíveis consequências de esconder Liza no meu Sonho. Era como uma brincadeira de espionagem para nós, além de ser um jeito de ter algum controle naquilo tudo. Não deveria ferir minha amiga.

— Mas... eu não... Quer dizer, isso também é culpa deles!

A mais velha concordou, ainda séria, porém mais contida:

– Com certeza, e eu já cuidei para que fossem punidos. Também sei que fizeram isso para se proteger.

– Você pode nos culpar por isso? – perguntou Liza, aproximando-se e tirando o foco de mim.

– Não. Na verdade, ia dizer que fiquei admirada – a Ruiva respondeu com um leve sorriso no rosto. – Vocês poderiam ser boas viajantes. É assim que os treinamos, discretos e prestativos.

– Viajantes? – eu e Liza perguntamos ao mesmo tempo.

– Pensei que já tivessem encontrado a carta que explicava um pouco sobre o nosso povo – rebateu a jovem, sem se abalar. Quem ficou meio abalada fui eu com a naturalidade com que Ruiva disse aquilo. "Nosso povo".

– Pois é, acontece que Elena não disse nada sobre "viajantes" – respondi, lembrando as palavras da antiga rainha. – Mas parece ser algum tipo de profissão.

– Mais ou menos isso. Os viajantes são membros importantes da nossa vila. Eles viajam para fazer um reconhecimento de pontos que consideramos importantes ao redor do multiverso, encontrar mais esperança e depois trazer para casa o que aprenderam.

– E você é uma viajante? – Liza me repreendeu assim que as palavras saíram da minha boca.

– Não – a resposta veio curta e um pouco amarga.

– Ah... Então você trabalha com o quê?

– Eu sou a princesa.

– Eu consigo ver isso – murmurei, ao mesmo tempo que Liza questionou:

– De quem?

Ela me deixou boquiaberta, já que há pouco tempo estava me corrigindo por estar fazendo perguntas. Parece que o tempo naquele lugar havia deixado Liza mais ousada.
– Não importa agora.
– Você não é descendente de Elena, é?
– Não.
– Mas ela era a rainha, e você é a princesa. Como?
– Os governantes são escolhidos pela Fontarbo d'Espero – a princesa disse isso para si mesma como se fosse a coisa mais óbvia do mundo.
– Não tô entendendo mais nada... – eu disse, virando-me para Liza.
– Nem me pergunta – antecipou-se a garota.
– Não precisam entender neste momento, mas devem vir comigo. Agora.
– Agora, agora, não vai rolar. Desculpa, Vossa Alteza – falei, percebendo que já tinha demorado demais. – Já disse que vamos terminar a Caçada e nos encontrar para a tal Iniciação. Mas você tem que nos ajudar, por favor! Temos que voltar.
– Com uma condição. – Eu e Liza nos entreolhamos.
– Certo, mas rápido, por favor – concordei.
– Devem representar esta cena. – Ela mostrou o lugar. – No sítio. Apenas sugiram um piquenique amanhã.
– Ok – respondemos, e eu continuei – Será que agora Vossa Alteza poderia dizer como nós fazemos para acordar a Liza? – Eu estava usando o título como uma provocação, o que a fez me olhar feio, mas mesmo assim ajudar.
– Liza estava em transe, pois sem querer concederam poderes Myris a ela sem a preparação adequada. Eu vou dar o que

é necessário temporariamente para que possa tê-los sem problemas até que passe pela Iniciação.

– Tá... Obrigada! – Liz respondeu, mas, assim como eu, parecia não ter entendido nada.

A Ruiva Maluca fez uns gestos com as mãos e murmurou algumas palavras em uma língua estranha. Liza brilhou um pouco, mas fora isso nada pareceu se alterar..

– Eliza, não sentirá os efeitos da mudança ainda, mas em breve vai entender. E não preciso dizer para não saírem espalhando esta conversa por aí. – Os lábios dela se comprimiram e repuxaram de lado, em uma expressão que dizia que ela sabia que era inútil dizer isso.

– Certo, pode deixar! Obrigada!

E nós demos sorte, porque, depois dessas palavras, ouvi baixinho a voz de Ali e senti cutucões fortes. Estava na hora de irmos. Demos um tchau rápido e fechamos os olhos.

Eu não sabia exatamente o que estava fazendo, mas tentei me concentrar no meu corpo real e na voz de Aline. Senti um formigamento e depois mais nada, mas não abri os olhos até sentir a cama sob mim de novo e ouvir cada vez mais alta a voz de minhas amigas e de Marcelo.

Quando Clara abriu os olhos, ainda estava um pouco tonta por causa do remédio, porém feliz por ter conseguido entrar e sair do Sonho sem maiores problemas. *Até que enfim, estou aprendendo a pilotar esse negócio*, ela pensou.

Aline havia puxado as duas para um abraço apertado e estava à beira das lágrimas. Marcelo estava sorrindo com as mãos dentro dos bolsos, e as outras meninas também estavam comemorando. Liza ainda estava um pouco desnorteada, mas parecia bem, assim como a mulher do Sonho prometera.

Segundo Marcelo, Ali tinha ficado tão nervosa nos últimos dez minutos que ele quase tinha recorrido a um calmante. Contou que a morena quase morreu do coração quando, depois de um minuto tentando acordá-las, nada aconteceu.

Ambos perguntaram às duas como estavam se sentindo. Cal dizia que estava perfeitamente bem, porém, na vez de Liza responder, a própria franziu o cenho e então arregalou os olhos.

Ela apontou para o menino loiro e em seguida para a parede, fazendo gestos para que ele fosse mais rápido. Clara nunca chegou a entender como isso deu certo, mas o ponto é que deu, porque, um segundo mais tarde, Guilherme praticamente arrombou a porta e gritou:

– Eu disse que vocês estavam de segredinho sobre a Caçada!

As meninas ficaram em silêncio, encarando o garoto como se ele estivesse louco, enquanto Marcelo prendia a respiração de onde estava atrás da porta. O menino olhou em volta, confuso, apenas para levar uma saraivada de travesseiros.

A imagem perfeita de meninas que estavam apenas fofocando quando ele entrou. Cal não fazia a menor ideia de quando elas haviam ficado tão boas em atuar, mas, onde quer que tivessem aprendido, tinham aprendido bem.

Marcelo desviou o olhar para o amigo, que certamente se arrependeu de ter entrado no quarto delas. Ele estava fechando a porta quando a mãe de Vini apareceu no corredor.

A Sonhadora teve que se segurar para não rir da cara de indignação de Celo. Ao mesmo tempo, ficou preocupada pelo melhor amigo. Guilherme não o viu, mas certamente a mulher seria mais esperta.

Aline rapidamente percebeu o problema em que o garoto havia se metido e foi até a porta. Lá ela deu um bom dia à adulta e foi pegando os travesseiros tranquilamente.

– Está tudo certo por aqui? – perguntou a mãe.

– Sim, é só que o *Gui* não sabe bater na porta – respondeu a menina, prontamente recebendo um aceno de concordância da outra, que dirigiu um olhar de reprovação para Guilherme.

O menino, por sua vez, apenas ficou vermelho e encarou os pés, afastando-se rapidamente. *Isso aí, tia! Bota juízo nele!*, Cal não pôde deixar de comemorar mentalmente. Ali saiu do quarto e casualmente encostou a porta atrás de si, como se para dar privacidade ao quarto. Eles ouviram Hana exclamar:

– Ah! Não acredito que ele fez isso! Isso é coisa que se faz, menino?

– Pois é, mas nós já demos um jeito nele. – A porta se fechou quase por completo e Celo foi para o outro lado, sem fazer barulho até alcançar a porta do banheiro.

– Está bem, então. Você, Clara e Liza já vão descer para o café?

– Sim, vamos só nos trocar e já vamos. Desculpa a demora.

– Sem problemas! Se eles voltarem a incomodar vocês, é só chamar.

– Pode deixar, obrigada! – Um tempo depois a porta se abriu e ela falou: – Essa foi por pouco!

23

Várias tentativas de montar a chave

Vinícius estava sentado na cama esfregando os olhos. Acabara de acordar com o barulho que Guilherme fizera ao voltar para o quarto. Só que ele não se importava. Nem um pouco. Estava de tão bom humor que hoje seria impossível irritá-lo.

O garoto bocejou enquanto Marcelo entrava no quarto. O loiro recebeu um olhar estranho de Gui, mas não explicou.

Vini apenas deu de ombros e resolveu que seria melhor descer para tomar café antes que ficasse muito tarde. O pensamento de sair da cama veio acompanhado de outro. Assim que deixasse aquele lugar, estaria sujeito a encontrar a própria namorada a qualquer momento.

Namorada.

A palavra ainda era nova para ele. O menino, que recentemente completara 14 anos, nunca tinha se referido a alguém dessa maneira.

Uma parte dele ainda estava insegura sobre como agir perto de Milla. E se ela tivesse mudado de ideia? E se não estivesse levando a sério e tivesse pensado que, quando ele a pediu em namoro na noite anterior, ele estava brincando? Porém, a maior parte dele estava em estado de euforia. Vini mal conseguia conter o sorriso no rosto.

Balançou a cabeça focando em se trocar. Apressou os outros, e todos logo estavam vestidos e descendo as escadas para a cozinha. *Será que a Anjo já está lá embaixo?*, pensou o garoto, lembrando-se novamente da noite anterior.

Ao sugerir que fossem ao lago, Vini já estava reunindo coragem para contar à loira que gostava dela mais do que como amiga. O que ele na verdade não esperava era que, quando se declarasse para a garota próximo à fogueira, ela corresponderia aos sentimentos. Assim que a pediu em namoro, também não deixou de ficar surpreso ao ouvir Milla aceitando.

Vini não acreditava que poderia se esquecer daquela cena: ele nervoso, vermelho e mexendo nos cachos como tinha mania de fazer, e Milla linda, com um sorriso no rosto e os cabelos quase brancos mudando de coloração por conta do fogo.

Caramba, como ela pode ser tão linda? Era a menina da idade deles mais bonita que Vini conhecia. Os olhos dela eram fascinantes. Um azul que dizia tudo o que ela pensava antes mesmo que abrisse a boca. E Milla sempre dizia o que pensava, defendendo o próprio ponto de vista a qualquer custo. Em contrapartida, tomava cuidado para não ser desrespeitosa com ninguém, mesmo que não gostasse da pessoa. Essas eram algumas das coisas de que ele mais gostava nela. Vinícius só não sabia muito bem o que ela via nele.

Milla, aos 14 anos, já tinha namorado e beijado na boca. Vini nem sequer tinha andado de mãos dadas com alguém. Mas agora ele estava namorando e realmente não sabia como agir.

O aniversariante estava completamente perdido em pensamentos quando tropeçou na escada, deu de cara com a parede e caiu sentado no chão. Ele resmungava algo sobre como os degraus deveriam ser maiores, quando ouviu risos contidos de atrás de si.

– Já vai, Vini? – disse Milla, entrecortada por risos que escapavam. Ela o ajudou a levantar e o abraçou. – Bom dia!

– Pera, gente, era sério mesmo? Laura, me explica esse negócio direito, eu quero detalhes – ele ouviu Clara sussurrando para as meninas.

– Então, dorminhocas, dormiram bem? – perguntou Marcelo, antes que Vinícius pudesse questionar Clara.

– Muito! – disseram as meninas, mas Cal bocejou no meio da palavra, fazendo todos rirem. Ele então perguntou para Milla, que ainda estava ao lado dele:

– É sério que o Gui entrou no quarto de vocês do nada?

– Ele é meio doido, e a sua mãe já deu uma bronca nele. Melhor deixar pra lá.

– Tá bem, então, Anjo. Vamos tomar café.

Ela sorriu diante do apelido, então segurou a mão dele e, juntos, foram para a mesa comer, deixando o assunto de lado. Anjo era um apelido antigo entre eles e, sinceramente, nada criativo. A maioria das pessoas costumava pensar que era por causa dos cabelos loiros e olhos azuis, pois era como anjos costumavam ser retratados. Entretanto, o apelido vinha do sobrenome de Milla, Engelmann, que ela explicou que em alemão significava "homem dos anjos". Depois de saber disso, chamá-la de Anjo era óbvio.

O café da manhã foi tranquilo e quieto. Por ser uma pessoa matinal, Caco era o único que realmente estava animado. Vinícius achava engraçado como o garoto continuava tentando, sem sucesso, conversar com Tischler, que o olhava como se considerasse que o esforço de jogar a tigela de cereal nele valia a pena. Os demais estavam comendo, mas, devido ao sono, interagindo pouco.

Vini aproveitou o momento para pensar na Caçada. Estavam perto, ele conseguia sentir isso. Mas o prazo final também estava, e a cada minuto que se passava ele sentia mais o peso do tempo se aproximando.

Para piorar, os pais dele haviam decidido ir embora no domingo de manhã, o que só os deixava com um dia e meio para montar aquela maldita chave, abrir a porta e fazer... bem, o que quer que fossem fazer depois que abrissem a porta. Não havia dúvida nem espaço para falhas, ao pôr do Sol do sábado, eles estariam do outro lado da porta e teriam completado a Caçada.

Cerca de uma hora depois, todos estavam sentados à beira da floresta conversando e rindo de coisas que fizeram durante a madrugada. Riam de uma coreografia criada, quando Vini resolveu comentar sobre a Caçada:

– Temos só mais hoje e amanhã de manhã, e depois teremos que desistir da tarefa se não conseguirmos.

– Ainda não tentamos montar a chave – lembrou Clara, enquanto trançava o próprio cabelo castanho-claro. – Acho que deveríamos fazer um de cada vez, máximo de dez minutos cada.

— Isso! Mas se todo mundo perceber que não tá dando certo a pessoa tem que passar — completou Laura, recebendo acenos de concordância de todos.

— E não adianta reclamar! — avisou Aline. — Vamos fazer tipo na escola. Ordem alfabética do sobrenome.

— Ah, não! Eu vou ser a última, então? — perguntou Liza, cujo sobrenome era Zavala.

— Sim, reclama com o seu pai depois. Vamos logo, gente!

Rapidamente, eles se dirigiram até a porta trancada e sentaram-se nas cadeiras velhas que haviam deixado no local com uma mesa grande de madeira escura. O grupo tinha levado aquelas coisas e mais algumas outras, pois haviam decidido que, já que passavam tanto tempo lá, era melhor terem um lugar confortável para se sentar.

Sentaram-se ao redor da mesa, seguindo a ordem em que tentariam. Consideraram o último sobrenome, então Caco Alves foi o primeiro e Liza Zavala, a última.

Vinícius Delgado se sentou entre Marcelo e Milla e esperou enquanto Lucas tentava montar a chave. Ele usou os dez minutos, mas não conseguiu nada, então passou adiante para Laura. Depois de mexer um pouco no objeto, a menina de cabelos castanhos o passou para Celo.

Marcelo, assim como Laura, apenas deu uma olhada no antigo chaveiro de Vini e mexeu um pouco, mas em dois minutos já o entregou a ele. Vinícius, assim como o primeiro garoto, tentou montar a chave por dez minutos, conseguindo algumas formas, porém nenhuma que se assemelhasse ao formato da fechadura.

Por fim, desistiu e entregou a chave para a Anjo. Como a melhor amiga, ela revirou o objeto dourado e logo o passou para Ali, que fez o mesmo, assim como Sophie.

Rafael foi o próximo e tentou por cerca de cinco minutos antes de perceber que não daria em nada e passar adiante para Guilherme. Vini começou a ficar nervoso com a possibilidade de não conseguirem, pois já estavam tentando há quarenta minutos e ainda não haviam tido nenhum avanço.

Quando o tempo de Gui se esgotou e ele passou a chave para Tischler, o garoto teve a ligeira impressão de que os olhos castanhos da amiga começaram a ficar mais esverdeados e brilhantes.

Estavam todos entediados, cansados de caçar respostas. Estavam exaustos de não as encontrar e de tentar avançar, mas apenas regredir. Mesmo com a empolgação com o mistério e a emoção de participar de uma aventura, estavam ansiosos com o que viria a seguir.

Apesar de tudo, ainda eram adolescentes e, na verdade, estranhamente, estavam gostando daquilo. Aquele lado criança deles, em alguns momentos mais evidente e em outros menos, era o que os estimulava a continuar. E era por isso que haviam conseguido resolver os enigmas tão rapidamente. Era o que Elena estava esperando havia gerações e o que ela ainda não tinha encontrado. Esse poder fazia Vinícius acreditar que conseguiriam e que valia a pena continuar.

Então, passaram mais aquele tempo lá. Tentaram fazer a chave encaixar na fechadura da porta antiga, mesmo que já não tivessem mais sobre o que conversar enquanto outros mexiam no objeto. Mesmo que até a bunda deles já estivesse quadrada de passar tanto tempo sentados.

O tique-taque do relógio velho no cômodo era enlouquecedor enquanto Clara examinava o quebra-cabeças dourado. No momento em que ela ia começar a tentar, o pai de Vini apareceu chamando-os para almoçar.

Ele tentou pedir mais um tempinho, porém o pai negou. A garota soltou um baixo suspiro indignado, mas sorriu para o adulto e devolveu para Vinícius o que tinha em mãos dizendo que depois do almoço ela tentaria.

24

Interrompemos nossa programação para uma pausa necessária

Além de almoçar, quando o grupo foi interrompido, aproveitou para jogar algum jogo do lado de fora. Resolveu, também, passar no estábulo para olhar os cavalos. Nenhum deles sabia cavalgar, exceto Vini, mas todos estavam encantados com os animais.

A família Delgado tinha três cavalos. Um era adulto e foi batizado por Vinícius como Harry. Os outros dois tinham chegado havia pouco tempo e ainda eram jovens.

Seu Manuel estava lá quando chegaram. Ele treinava o macho enquanto a fêmea descansava. O cavalo fazia tudo o que o idoso mandava sem sequer relinchar. A égua, porém, era mais rebelde.

Ela era muito esperta, inteligente e habilidosa, embora um tanto desajeitada e inquieta; nunca parava de se mexer. Porém, quando o velho se aproximava, a égua se recusava a dar um passo, relinchava e balançava a cabeça como se mostrasse que não queria que ninguém a controlasse. O que eles poderiam fazer? Ela era uma égua independente e decidida.

– Gostei dela – afirmou Clara, sorrindo.

– É claro que gostou – balbuciou Marcelo, recebendo uma cotovelada nas costelas.

– Ela anda igual a você, Cal – comentou Laura e apontou para a menina, que havia tropeçado e levantado rapidinho.

– Um pouquinho, talvez.

– Um pouquinho, tipo muito – corrigiu Sophie.

– Qual é o nome do cavalo? – perguntou Rafa, antes que Tischler se irritasse com as provocações.

– Remus – respondeu Vini. Tinha escolhido o nome de um dos personagens favoritos dele.

– Ah, não! – responderam todos, balançando a cabeça.

– Vini, pelo amor de Deus, para de dar nome de personagem de Harry Potter para os seus bichos – implorou Rafa, lembrando-se de todos os bichinhos que já tinham tido esse destino.

– E o da fêmea? – Liza parecia receosa quanto à resposta.

– Estou entre Gina e Lily, o que acham? – disse Vini, sem se abalar. Ele *era sim* um Potterhead viciado e assumido, apesar de repudiar diversos posicionamentos da autora.

– Não! – responderam de novo.

– Posso batizá-la? – pediu Clara, esperançosa.

– Acho que sim... – concedeu ele, não muito certo do que viria a seguir.

– O que acha de Sammy? – sugeriu ela, deixando-o pensativo.

– É legal. De onde veio a ideia? – falou Vinícius depois de um tempo.

– Já viram aquela série *iCarly*? – os amigos concordaram com cara de "Quem nunca viu?". – Achei ela parecida com a Sam, sabe? A personalidade, o jeito rebelde, inteligente e nem um pouco delicada. Então Sammy, para ficar mais fofinho – ela finalizou abrindo os braços e chacoalhando as mãos em um "tchã-dam", e os outros riram.

– Gostei, acho que combina mesmo – comentou Milla cutucando o garoto. – Deveria aceitar a sugestão.

– Se você diz, Anjo – respondeu ele com um sorrisinho, e Rafa tossiu algo que soou como "Gado", mas Vini o ignorou.

Depois daquele episódio, o dia passou voando. Só perceberam que estava ficando tarde quando o tempo começou a esfriar. Vini ficou imediatamente preocupado em voltar para o fundo da casa, que em algum momento havia sido apelidado simplesmente de A Porta.

Eles tinham que terminar de montar a chave e, se Clara e Liza não conseguissem fazer isso das suas tentativas, precisariam de um novo plano. Vinícius sugeriu que terminassem o que haviam começado pela manhã, e os amigos concordaram.

Quando chegaram, todos se sentaram nos mesmos lugares de antes, e ele entregou a chave para Tischler tentar. Ela usou os dez minutos de direito e começou a formar algo, mas não saía do mesmo ponto.

Assim que o tempo acabou, por fim, passou o quebra-cabeças à Liza e sussurrou de uma maneira que Vini quase não ouviu:

– Você disse que viu o desenho de um mapa para nos tirar da floresta. Talvez você possa ver o desenho de uma chave também.

– Não sei como – respondeu a outra, também tão baixo que ele só ouviu pois estava sentado à frente delas.

– Acho que só *você* pode descobrir. Tente se lembrar do que fez ontem – disse Tischler, entregando a chave. – Acredito em você.

Que história era aquela? O que elas estavam escondendo? Será que Milla também sabia daquilo? Ele tinha que perguntar a elas. Mas, no momento em que abriu a boca, Liza se levantou e foi até a porta trancada.

– O que está fazendo? – questionou Guilherme, curioso como sempre, mas bastou um olhar de Aline para ficar quieto.

Liza examinou a fechadura por um minuto, então voltou o rosto para o teto. Mexia os olhos como se visse algo, mas não havia nada lá. Girou então o objeto agilmente. A cada girada, todos ficavam mais boquiabertos, exceto Tischler, que abriu um sorriso.

Cerca de dez minutos depois – mas Vini nem acreditava que tivesse durado tanto tempo –, havia uma robusta e complexa chave dourada nas mãos da menina. Vini se levantou, e Liza entregou a chave a ele. Ele revezava o olhar entre a menina, o objeto nas mãos e a porta, abismado. Precisava dizer alguma coisa, fazer algum agradecimento, mas o quê?

– Liza... Só Alá sabe como eu tô feliz agora! Obrigado! Conseguimos a chave! Você conseguiu!

– De nada! – respondeu ela, e ambos se juntaram ao resto do grupo.

– Agora já tá escuro, mas como temos a chave podemos usar a manhã toda para planejar o que vamos fazer – comentou Laura, chamando a atenção de todos para o esquema. – Podemos sair logo depois do almoço para termos bastante tempo.

– Sim! E podemos fazer um piquenique à tarde também! – concordou Liza, olhando Cal como se tivessem combinado isso.

– Legal! Eu topo – afirmou Celo, antes que ele pudesse perguntar qualquer coisa a elas.

– Eu também! Parece uma ótima ideia para mim – falou Milla, olhando-o com os olhos azul-gelo. – Encontramos um lugar legal além d'A Porta e assistimos ao pôr do Sol de lá.

– Tudo bem, parece legal a ideia de vocês – concordou Vinícius, convencido de que a proposta era mesmo boa.

Ele amarrou a chave em um colar longo de couro no pescoço e a guardou dentro da blusa. Então, os amigos deixaram A Porta e foram, sorridentes, fazer algo diferente.

25

Atirar, ser sequestrada ou ter uma conversa amigável

Saindo d'A Porta, eles seguiram e foram os quartos para tomar banho. Sophie conseguiu chegar primeiro ao banheiro, mas Clara não se importou nem um pouco. Ali, Cal e Liza estavam alegres, comemorando porque haviam conseguido encontrar a chave e estavam mais perto de descobrir o poder de Liza.

Laura e Milla estavam confusas e perguntaram como Liza tinha feito a chave. Aline apenas respondeu que era o poder dela.

– Espera, o quê? Poder? Mas achei que vocês não podiam usar os supostos poderes antes da Iniciação – perguntou Milla, exasperada. – Não foi por isso que Liza ficou doente hoje?

– É, mas a Ruiva disse que deu para a Liz uma proteção temporária que a deixa usar os poderes até a Iniciação – explicou Clara, lembrando que não tinha dito muito sobre o último Sonho para as meninas.

– Ah... Ok, então, eu acho – disse Laura, sem compreender muito bem. – Desde que ela não passe mal de novo, tudo bem.

– Não, eu não vou. Como condição, ela só pediu que fizéssemos um piquenique.

– Não é lá uma grande condição, é? – ironizou Aline, caindo em uma das camas.

– Realmente não é – concordou Laura, fechando o rosto em uma careta desconfiada. – Justamente por isso mesmo tem alguma coisa errada. Tentem se lembrar: teve mais alguma coisa que ela pediu de vocês?

As duas meninas se entreolharam.

– Ah, não. Estava tudo indo tão bem! – Ali gemeu e cobriu o rosto com o braço.

– Digam logo! O que ela pediu? – Milla pediu, um pouco impaciente, franzindo o cenho.

– Bem, ela queria que nós fôssemos com ela para algum lugar... – respondeu Liza devagar.

– Mas eu disse que naquele momento não iríamos, e ela deixou de lado. – Clara ficou pensativa, do mesmo jeito que ficava quando estava deixando algo passar. – Não é isso que a Ruiva quer...

– Cal, sinto estragar sua doce inocência, mas acho que é *exatamente* o que ela parece querer. – Sophie, que havia acabado de voltar, colocou a mão no ombro da amiga. – Ela montou algum tipo de armadilha. Quer que vocês façam o piquenique para que possa levá-las. Vai ser tipo um sequestro.

– Não é isso... Quero dizer, ela também quer que a gente vá com ela em algum momento, mas tem algo a mais. O que foi que ela disse mesmo? Eu estou me esquecendo de alguma coisa.

Ficaram quietas por um instante, para que Cal conseguisse se lembrar. Ela fechou os olhos para pensar melhor. *O que eu não estou percebendo?* Revirou os pensamentos e voltou até as lembranças da primeira vez que tivera consciência total no Sonho. As palavras da jovem de olhos verdes penetrantes vieram claras à mente dela.

– "Atire e acerte o alvo" – disse Cal, abrindo os olhos.

– O quê? – perguntaram as amigas em uníssono, e nem Liza entendeu.

– Foram as primeiras palavras dela para mim: "Atire e acerte o alvo, Maria Clara".

– Acha que é isso o que ela quer? – perguntou Liza, mexendo nos cabelos escuros.

– Mas por quê? – Aline se levantou, trazendo a real questão à tona.

– Eu não sei... Ela insistiu bastante nisso, principalmente no começo. – A garota pensou melhor. – Mas ela também fala muito da tal Iniciação. Talvez isso seja o que temos que fazer. Ela disse que, da próxima vez que nos encontrássemos, eu faria as duas coisas: atirar e passar à Iniciação. E se forem a mesma coisa?

– Legal, então tem três coisas que podemos esperar dela: um *tiro de arco e flecha* nível hard; um *sequestro*; ou uma simples e amigável *conversa*. – O rosto pálido de Milla agora estava vermelho e ela andava de um lado pro outro do quarto.

– Calma, Milla – disse Laura, confortando a melhor amiga. – Que estresse. Cê tá de TPM? Precisa de absorvente? Ou só de chocolate?

– O quê? Não, eu tô legal – respondeu olhando para Lau, que apenas deu de ombros. – Desculpa, meninas, é que o Vini está desconfiando de nós. Acho que deveríamos contar agora. Aliás, eles também vão participar do piquenique. Seja lá o que vier a seguir, vão descobrir.

As meninas começaram a discutir opiniões. Estavam falando mais alto e não perceberam que acabaram chamando a atenção do quarto ao lado. Celo chegou primeiro, balançando as mãos e gesticulando para que parassem. Porém, antes que pudessem entender, Vinícius, Lucas, Guilherme e Rafael também entraram no quarto.

Marcelo conseguiu fazer com que a maior parte do barulho cessasse, e Clara entendeu o que estava acontecendo um segundo tarde demais. Porém, Aline, que era determinada a ganhar uma discussão, disse uma última frase que as entregou:

– Só estou dizendo que, se todos nós vamos nos encontrar com a Ruiva Maluca, todos deveriam ter uma ideia do que vai acontecer!

O barulho da porta batendo contra o batente fez com que todas elas se virassem em câmera lenta para a entrada. Marcelo bateu a mão na testa e Milla escondeu o rosto nas mãos. Ali soltou um "Opa" e as outras só estavam pensando que estavam ferradas. Ficaram em silêncio por um instante, então Vini perguntou:

– Quem é a "Ruiva Maluca"?

26

Qual é o momento certo de contar a verdade?

Anos mais tarde, Clara ainda se lembraria daquele momento com perfeição. Ia rir de tudo aquilo e chegaria a pensar em como poderia ter evitado as confusões do passado e todas as que provocaria, consequentemente, no futuro. Por exemplo, ter contado o segredo antes, falado mais baixo, entendido mais rapidamente o que Marcelo estava tentando dizer ou até mesmo ter pensado em uma desculpa convincente.

Mas, independentemente disso tudo, o que mais a irritava era não ter conseguido lidar melhor com os garotos depois que eles descobriram. Dezenas de respostas poderiam ter mudado o rumo de tudo. O que aconteceu depois que eles entraram no quarto definiu o destino de todos eles. Para o bem e para o mal.

– Quem é a "Ruiva Maluca"? – Vinícius perguntou em voz baixa, cortando o silêncio.

Aqueles que sabiam da existência da jovem se entreolharam. O que podiam dizer? A verdade? Como? Eles mesmos precisaram de tempo para processar cada pequena parte de informação sobre o Sonho. A maioria ainda não havia entendido e aceitado tudo, mas estava no caminho para conseguir isso. Marcelo mal tinha digerido metade da história. Qual seria a reação dos outros quatro?

– Quem é ela? – perguntou o dono da casa novamente, parecendo bravo e chateado. Decepcionado era a palavra certa para definir o semblante do menino.

– Vini, escute, não é tão simples. Íamos explicar tudo, mas é muito mais complicado do que parece – Milla tentou, aproximando-se do namorado.

No entanto, ele perguntou mais uma vez:

– O que estão escondendo de nós? Por que estão escondendo coisas?

– Como a Milla disse, é complicado, mas, por favor, se acalmem e nos deixem explicar – pediu Sophie em uma voz apaziguadora.

Ela se pôs ao lado de Cal, que mal registrou o movimento. Clara sentia o mundo anestesiado ao redor, sabia apenas que algo importante estava acontecendo, mas não conseguia fazer nada. Naquele momento, congelou. Foi o momento em que, tomada pelo nervosismo, definiu um pedaço do próprio destino, que ela não fazia ideia de que já estava sendo traçado.

– Eu venho tendo sonhos – ela cuspiu a informação, e todos a olharam.

– Ok? – Vini estava visivelmente confuso.

– Tá, olha, é um pouco estranho – ela continuou, e Sophie tossiu um pouco. – É muito estranho. Esses sonhos... eles são como visões. Quando os tenho, vejo uma moça. Nós a apelidamos de Ruiva Maluca, porque, bem, ela é ruiva e fala coisas que não fazem sentido.

– Tischler, *meu*, só porque você está tendo um sonho diferente, não significa que... – Vinícius tentou dizer, mas foi interrompido por Laura.

– Não, você não entende. No começo, também achávamos que era besteira, mas não é. Sei que parece loucura, só que você precisa acreditar. Nos últimos dias, Cal e Liza têm participado ativamente dessas visões e conversado com essa mulher. Elas descobriram coisas importantes.

– Tipo o quê? – interveio Lucas, cético, mas curioso.

– Tipo que o povo de Elena é real – afirmou Liza. – Que ainda existem e estão por aí procurando pessoas como eles. Como nós.

– O que quer dizer com "como nós"? – foi a vez de Rafa questionar. Ele foi o primeiro a entender a direção que estavam tomando.

– Que Liza e Clara fazem parte do povo de Elena e que elas precisam completar a Caçada – respondeu Ali. – Para nós, é só uma tradição da família do Vini. Mas, para elas, pode ser uma mudança de vida.

– É só uma brincadeira – Vini negou, soltando uma risada sem graça. – Essa coisa de magia não é real. Qual é, pessoal? Não somos mais crianças. Sabemos que essas coisas não existem e que isso é só uma brincadeira.

– Não é, não. Você não acredita, por isso não consegue completar a Caçada – Clara falou novamente. – Mas nós duas sim. Foi assim que consegui desvendar as pistas tão rápido e Liza pôde fazer a chave.

– Como tem certeza disso? Você é inteligente, Cal, e a Liza pode ser ótima em quebra-cabeças – rebateu Guilherme, parecendo muito confuso.

– Isso é loucura e ingenuidade – Vini voltou a falar. – Não podem querer que a gente acredite mesmo nisso.

– É difícil, foi difícil para nós também, ainda está sendo – avisou Milla, dando uma pequena risada. – É sério, de um dia para o outro, tivemos que esquecer o que aprendemos enquanto crescíamos e voltar a acreditar em fadas, poderes mágicos e florestas encantadas. Por um momento, pensei que estivesse enlouquecendo, mas...

– Mas, no fim, não era tanta loucura – Aline completou, entendendo o que a outra queria dizer. – Pensem assim: nascemos e, ainda pequenininhos, já acreditávamos na magia e tudo isso, certo? Ninguém nos ensinou isso, só sabíamos que estava lá. Depois, ficamos mais velhos, escutamos as pessoas falando que era mentira e, só porque não vemos essa mágica claramente, deixamos de acreditar.

– Não precisam entender tudo agora – Liza disse, ao perceber que os meninos não se convenceram. – Só... nos deixem contar tudo. Depois durmam e reflitam sobre isso.

Os garotos se entreolharam e assentiram. Clara e Liza se revezaram para contar tudo, desde a manhã de quarta-feira até os segundos antes de aquela conversa começar. Em alguns momentos, parecia que estavam acreditando, porém, logo depois, olhavam para elas como se fossem completas idiotas. Ao final, a expressão dos rapazes era neutra. Clara não fazia a menor ideia do que fazer em seguida, então disse:

– Olhem... Desculpa não ter contado antes. Mas precisam concordar que seria meio constrangedor, e Liza e eu combinamos de envolver o mínimo de pessoas possível nisso, então...

Eles continuaram em silêncio.

– Sentimos muito, mas agora vocês já estão a par da situação – Liza tentou de novo. – Falem alguma coisa!

Os garotos se entreolharam mais uma vez. Na sequência, todos eles, exceto Marcelo, caíram na gargalhada. Celo parecia simplesmente pensativo, deixando tudo se acertar na própria cabeça.

Clara não fazia a menor ideia do que estava acontecendo. Se aquilo significava que eles estavam bem ou não. Ela teve que esperar em silêncio enquanto os quatro se acalmavam. Guilherme finalmente falou:

– Ok, ok, essa foi boa. Agora contem o que realmente estão escondendo.

– Mas... – a Sonhadora estava em choque. Sabia que poderia ser difícil de aceitar, porém não tinha levado em conta que eles desconsiderariam completamente a hipótese de o que elas estavam falando ser verdade.

– Olha, essa foi a desculpa mais criativa que eu já vi – elogiou Rafa, passando a mão negra pelos cabelos cacheados e espetados. – E nós já inventamos muitas mentiras boas para escapar de pegadinhas.

– Não é desculpa nem mentira! – Liza estava completamente indignada, e Cal podia ver que ela estava se segurando muito para não sair xingando em espanhol.

– Querem mesmo que a gente acredite que vocês fazem parte de um povo mágico? – Vini ergueu as sobrancelhas. – Uma coisa é ler sobre isso em uma brincadeira de caça ao tesouro. Outra totalmente diferente é vocês inventarem essa história para se livrarem de um segredo. Sério, devem achar que somos completos idiotas!

– Agora eu acho – murmurou Sophie, e Aline teve que morder a mão para segurar a risada.

Clara teria rido se não tivesse percebido a seriedade no rosto do amigo. Ele estava bravo por elas terem escondido o Sonho deles e por agora estarem "mentindo".

Droga, o que eu faço agora se ele acha que esta não é a verdade?, pensou, comprimindo os lábios cheios em uma linha fina. Mais uma parte do destino dela foi escrita quando ela tomou a decisão de desistir de manter aquela parte de si em segredo.

– Quer saber? Não acredite. – A Sonhadora suspirou, e todos a olharam chocados.

– O quê? – Vinícius piscou, surpreso.

– Estamos nos abrindo com vocês, e você continua reforçando a ideia de que estamos mentindo, porque não quer acreditar – ela disse e virou-se para as meninas. – Deixem para lá, é inútil.

– Vai simplesmente deixar tudo assim, então? – perguntou Caco, os olhos safira passando por todos, tentando entender.

– Acho que tem coisas em que não devemos insistir – disse ela, parecendo cansada. *Talvez porque você se sinta cansada, pois é a única que está sempre sendo atacada*, uma parte dela pensou, e ela guardou isso no cantinho escuro da mente. – Sinto muito, mas falamos o que tínhamos para falar e vocês não aceitaram. Não temos mais o que fazer.

Guilherme, Rafael, Vinícius e Lucas pareciam prestes a protestar, assim como Marcelo e as garotas. Por motivos diferentes, obviamente.

– Apenas pensem sobre o que acabou de acontecer e, ao menos, tentem se esforçar um pouco para entender.

– Ela se virou e se deitou na cama. – Voltem quando estiverem abertos a uma nova tentativa.

– Clara... – Celo começou, muito confuso, porém os garotos já tinham concordado com aquilo.

– Tischler, não sei o que você quer, mas pode confiar em mim – tentou Vini, com o semblante preocupado.

Só ele a chamava de Tischler, da mesma maneira como ela o chamava de Delgado, e essa era uma piada interna deles. Ele era um dos melhores amigos dela, e agora estavam brigando.

– Não é questão de confiança, Delgado, vocês só não entendem – Clara estava se sentindo extremamente dramática, porém terminou o desabafo. – Acho que ninguém aqui entende, mas não importa. Só façam o que eu disse, pode ser?

– Tudo bem... Nós... nós vamos tentar. – Rafael suspirou e balançou um pouco mais a cabeça.

Os quatro garotos viraram-se, confusos, e saíram do quarto sem pronunciar outra palavra além de um "Até mais" murmurado por Lucas. A porta se fechou, e não havia um único som no ambiente por segundos, até que Clara suspirou e começou a rir histericamente.

O que a gente tá fazendo da nossa vida?, perguntou para si mesma. A resposta veio curta, sincera e fácil de compreender: *Merda*. Só podia torcer para que não continuasse assim.

– Uau! Isso foi... Alguma coisa – comentou Sophie, agarrando a amiga, que ainda ria, pelos ombros e colocando-a sentada na cama.

– Eles queriam a verdade, nós demos a verdade. – Ela deu de ombros. – Agora precisam lidar com ela.

– Mas, Clara, isso foi meio duro – disse Liza, mordendo o lábio. – Poderíamos ter ajudado um pouco mais, não?

– Não, na verdade acho que ela foi genial – disse Sophie, admirada, espantando todos, menos Cal. – Sabíamos que eles não iam acreditar, além de que estavam muito bravos para sequer tentar entender. Clara percebeu isso e resolveu mudar a estratégia. Ela os deixou por conta própria, assim eles vão ter tempo para digerir tudo e depois virão conversar com a gente. Foi simplesmente genial.

Clara não tinha pensado tanto assim na hora de falar, mas ficava feliz em ver que tinha sido razoável, além de se divertir vendo as expressões das meninas e de Marcelo, enquanto estes entendiam o que ela havia feito.

Cal sabia que, no fundo, não podia culpar Vini. A própria Elena disse na carta que pessoas com o dom de acreditar eram raras. Ela e Liza eram exceções em meio a milhares de pessoas pragmáticas. Tinham sorte de a maioria do grupo ter se convencido e confiado na palavra das duas. Clara sabia que devia estar sendo mais difícil para lidarem com aquilo tudo. Ela só queria entender como ajudá-los.

Talvez o melhor jeito de ajudar tivesse sido mantê-los ignorantes a tudo aquilo. Para algumas pessoas, é mais fácil ignorar coisas diferentes do que enfrentar a verdade. Porque, às vezes, a verdade assusta. Ela pode ir contra tudo, tudo mesmo, o que nós aprendemos e entendemos sobre a vida e, muitas vezes, não estamos prontos para lidar com isso. Precisamos de tempo para aprender e desaprender.

Então, se ela pudesse dar a eles mais um dia que fosse para começarem esse processo, não seria o melhor? Clara só podia ter esperanças de que sim.

Foi assim que decidiu o que faria. Naquele momento, parecia apenas uma pequena e inocente briguinha para evitar algo maior. Porém, mais para a frente, ela se perguntaria se aquela ideia teria sido tão genial quanto Sophie havia dito.

Mas isso é história para muito tempo depois.

Um tempo em que as consequências seriam maiores que tomar um gelo de quatro adolescentes.

27

O quiz rápido para iniciantes no amor

Foi uma péssima noite de sono. Clara se mexera sem parar na cama, ansiosa pelo dia seguinte e ainda pensativa sobre a conversa com os garotos. Eram 4h e ela não conseguia dormir. Virando na cama novamente, percebeu que a janela do quarto havia sido esquecida aberta.

Cal se levantou cuidadosamente, para não acordar Sophie, que dormia ao lado, e se dirigiu até a janela. Olhou a paisagem adormecida e tranquila da área rural, quase sem perturbação humana.

Então, ela a viu.

Era grande — enorme, na verdade — e brilhava. Brilhava em um verde fluorescente, misturado com amarelo-limão e violeta. Era magnífica.

Clara estava hipnotizada por aquela árvore. Jamais vira algo tão surreal. Era mágico. Cal não sabia o que a tirara do transe, mas, ao fechar a janela e deitar-se na cama, adormeceu sem qualquer problema.

As meninas acordaram por volta das 9h. Levantaram-se sorrindo, provocando-se e rapidamente se arrumaram para tomar café. As roupas eram confortáveis para a caminhada além d'A Porta, mas ao mesmo tempo quentes, pois provavelmente ficariam fora até a hora do jantar. Antes de saírem, Laura, como a pessoa responsável que era, mandou que todas arrumassem as malas, já que não teriam tempo mais tarde.

Clara estava cansada por não ter dormido direito, mas mesmo assim desceu com as amigas para tomar café. Tanto os meninos como a família de Vini já estavam à mesa.

O clima era um pouco tenso por conta da discussão da noite anterior, porém os adultos pareceram não notar. Os adolescentes comeram em um silêncio desconfortável, até que a mãe de Vini puxou uma conversa:

– Quais são os planos de vocês para o último dia de festa?

– Ah, tínhamos pensado em fazer um piquenique no bosque – respondeu Marcelo, quando ninguém mais disse nada. – Tudo bem, tia Hana?

A mulher sorriu para eles e disse:

– É claro que tudo bem! Apenas levem tudo o que precisarem e lembrem-se de voltar para o jantar. Não quero vocês no meio do mato durante a noite.

– Pode deixar, mãe! – exclamou Vini e se levantou, chamando-os para começarem a arrumar as coisas.

Assim que saíram do cômodo, todos começaram a conversar como se nada tivesse acontecido no dia anterior. Mas, ao mesmo tempo, os garotos pareciam um pouco ariscos com Clara e Liza. Quando Lucas (*Lucas!*) a olhou estranho depois de ter perguntado se ele tinha uma caneta para emprestar, Clara não conseguiu evitar bufar e revirar os olhos.

Meninos são tão infantis!, pensou Cal ao arrumar a mochila.

Mas nós meio que mentimos para eles, por isso estão bravos, interveio Consciência, iniciando mais um debate mental.

Isso não justifica nada! Também mentimos para as garotas por um tempo, e elas não estão assim conosco, rebateu Rebeldia, e as outras duas tiveram que concordar prontamente.

É verdade... disse Consciência, "revirando os olhos". *É, ela está certa, eles são tão bobões.*

Bobões? Sério? Achei que ia dizer outra coisa... Começa com C e termina com..., Rebeldia falou isso com um "sorrisinho maroto".

Ok, ok, mas e o Marcelo? Ele não está bravo comigo e é garoto, ponderou a voz mental da garota, cortando Rebeldia.

Ah, ele não conta, Rebeldia dispensou o comentário com um gesto.

Realmente, querida, ele gosta de você, então não vale, explicou Consciência, enquanto mandava Clara dobrar o casaco direito antes de colocá-lo na malinha.

Ele gosta de mim?, a menina perguntou e recebeu mentalmente um olhar de "Sério isso?" de ambas, que puxaram a lembrança de uma conversa na noite da fogueira em que Celo admitia os sentimentos por ela e a pedia em namoro. Porém, antes que ela pudesse dizer qualquer coisa, o barulho estranho soou e os dois tiveram que se separar. *Ah... Ah! Ai, caramba, ele gosta da gente!*

Até que enfim, gênia, estava difícil você entender isso, hein?, disse Rebeldia, com sarcasmo.

E a gente? Nós gostamos dele? O que a gente faz?, ela questionou, um pouco desesperada.

Opa, opa, opa, primeiro que não é "a gente". É você, explicou Consciência pacientemente. *Ele gosta de você, e não de nós. Não nos meta nisso.*

Mas... vocês são partes de mim!

É diferente, tem algumas coisas que só são sobre você e em que nós duas não temos influência. Mas sabemos tanto sobre isso quanto você.

Por mais que eu odeie admitir, a Con está certa, Rebeldia suspirou. *Ou você chama as meninas para falar disso, ou nós vamos ficar aqui no nível básico da coisa.*

Ah, não, isso é entre a gente. Elas são muito... Demais. Quer dizer, todas elas gostam de pessoas e falam sobre coisas e eu só não sei qual é a graça disso tudo, Clara recusou prontamente. A mochila estava quase pronta, faltavam apenas as comidas. *Então? O que vocês acham? Nós, "eu" gosto dele?*

Eu... não entendo muito disso, porém..., admitiu Rebeldia e olhou para Consciência, que concordou. Cal não entendia com o que elas estavam concordando. *Sei lá, quando você pensa nele, sobre o que está pensando?*

Hã... Sobre algo para fazermos ou uma lembrança engraçada?

E quando você pensa nele ou escuta o nome dele, você sorri?, foi Consciência quem questionou.

Se for uma coisa engraçada ou feliz..., ela respondeu inocentemente, e as duas vozes mentais se entreolharam.

Tudo bem... Agora pergunta relâmpago valendo sua vida amorosa: sem pensar, diga o nome de uma pessoa para você namorar, tanto Consciência como Rebeldia a pressionaram nesse ponto, e a garota tentou responder o mais rápido possível:

Maxon Schreave?

Mesmo que fossem frutos da imaginação de Clara, ela poderia jurar que estava recebendo olhares de repreensão da mente.

O quê? Ele é um príncipe, fofo e lindo!

Se você diz! Olha, podemos não ser especialistas nisso..., começou Rebeldia.

Mas, segundo o nosso "Quiz rápido para iniciantes no amor"..., Consciência continuou e fez um suspense (o que é um pouco estranho, considerando que ela fazia parte dos pensamentos de Clara) antes de terminar. *Você não tem o menor interesse romântico no Marcelo. Ele é só seu melhor amigo mesmo.*

Melhor amigo que baba por você desde o pré, mas só isso mesmo, complementou Rebeldia.

Mas e agora, Bela?, perguntou Clara a Rebeldia, ignorando o comentário anterior. *Eu preciso dizer para ele que não gosto dele!*

Ou pode fingir que esqueceu, ela sugeriu.

É, até que não seria tão ruim, Consciência concordou. *De qualquer jeito, você não precisa se forçar a gostar de ninguém antes da hora. Apenas siga seu tempo, os outros não importam.*

Ok, vou fazer isso, obrigada!, a menina agradeceu.

De nada!, elas responderam em sincronia.

Aliás, vocês duas estão muito amiguinhas hoje. Tá estranho, Cal avisou, franzindo o cenho mental e fisicamente. Depois disso, chacoalhou a cabeça e percebeu que o quarto estava em silêncio.

– Desculpa, falaram comigo? – ela perguntou para os amigos, que estavam todos no quarto das meninas.

– Sim, queríamos saber se você está pronta – disse Sophie. – Vamos até A Porta rever o plano e dar uma olhada na chave.

– Ah, ok. Tô pronta, sim. Vamos.

28

Vejo uma porta abrir

Os onze amigos se dirigiram calmamente até A Porta. Pela primeira vez desde que a Caçada começara, eles realmente não tinham pressa. A chave estava feita, o plano havia sido bolado e eles teriam mais de quatro horas até o pôr do Sol.

Estava tudo perfeito.

E foi por isso mesmo que Clara hesitou ao entrar no cômodo.

– Cal? O que foi? – perguntou Liza, notando a hesitação da amiga.

– Hã? Ah, nada, é só que... Não está dando certo demais? – respondeu ela, franzindo as sobrancelhas.

– Eu não acho. Está dando certo o suficiente, principalmente depois de ontem. – Liza olhou para Clara, com a compreensão brilhando nos olhos. – Ninguém te culpa pela briga de ontem, você sabe, né? Sabíamos que ia acontecer, era só questão de tempo.

– Eu sei, mas... – *Mas se não fosse por mim não teria acontecido. Vini teria um aniversário normal, você não teria ficado doente e ninguém estaria prestes a encontrar uma garota com o poder de dissolver o mundo inteiro com um gesto das mãos.*

– Nada demais, *señorita*. Vai dar certo, você vai ver – dito isso, ela deu um aperto na mão da garota de cabelos castanhos e seguiu em direção aos outros, que esperavam diante da porta.

Clara suspirou um pouco e esfregou os olhos. Essa viagem a tinha deixado dramática. *Só aproveite o momento*, ela disse para si mesma. *Seja uma garota normal de 14 anos e finja que é tudo uma brincadeira. Não é tão difícil.* Então, ela deixou a boca se curvar em um sorriso despreocupado e se aproximou dos amigos.

– ... saímos e deve ter uma trilha para a gente poder seguir – Vinícius falava quando Cal chegou.

– E se a trilha tiver bifurcações? – perguntou Caco. – Seguimos juntos ou nos separamos?

– Juntos – respondeu Milla, rapidamente. – Já vi filmes de terror demais para saber que se separar não dá certo.

– Concordo com você, Anjo – disse Vini à namorada.

Pelo menos eles estão bem, Clara pensou.

– Então, se já temos um plano, o que estamos esperando? – Aline se manifestou. – Vamos abrir logo essa porta!

Vini tirou a chave dourada criada de dentro da camiseta. Sacou o colar do pescoço e, com uma pausa dramática para respirar fundo, colocou-a na fechadura e girou. Naquele momento, Clara reparou que o mesmo símbolo das cartas e da chave estava gravado na maçaneta e pensou que aquele ainda era um mistério que ela não tinha desvendado. Vini, que não tinha se distraído como ela, se moveu para abrir a porta.

Nada aconteceu.

– O quê? Por que não funciona? – ele virava a maçaneta e puxava a porta desesperadamente.

– Hã... Vini? – Milla segurou a mão que estava na porta.

– Sim?

– Tenta girar a chave para o outro lado, tá? – disse ela, com uma expressão levemente condescendente, como se pedisse para uma criança repetir uma conta básica que havia errado.

Ele girou para o outro lado e todos ouviram um clique. Clara sentiu como se um vento tivesse passado por ela, fazendo com que ela estremecesse. Era uma sensação estranha que ela não conseguia descrever. Como se estivesse com um abafador de som e, de repente, tirasse-o dos ouvidos para escutar tudo lá fora. Como quando se está com o nariz entupido, ele desentope e você consegue respirar direito de novo.

A sensação logo desapareceu, tinha passado rápida como uma brisa, deixando-a levemente atordoada.

– Ah – exclamou Vini, um pouco envergonhado.

– Realmente, "Ah". – Milla agora se segurava para não rir. Laura e Marcelo, porém, riam abertamente.

– Ok, ok, podemos só... abrir a porta? – perguntou ele, ainda encabulado.

– Eu tô falando isso desde que chegamos aqui! – disse Ali, indignada, provocando mais risadas.

Por fim, depois de muita enrolação, Vinícius Qadir Delgado abriu A Porta pela primeira vez desde José Delgado, cerca de duzentos anos atrás.

29

Um lugar poético para encontrar o fim

Se tem algo que é difícil de explicar são as sensações.

É estranho explicar para alguém qual é a sensação de mergulhar em uma onda. Você fecha os olhos, prende a respiração e embaixo dela parece que não há mais nada além do som da água se quebrando e levando seu corpo embora.

Também é complicado descrever uma dor. É possível apontá-la. Dizer se é constante ou não. Muito forte ou leve. Porém, como explicar exatamente como ela é? Como identificar a tênue linha entre uma queimação e uma ardência ou entre uma dor nível nove ou dez? Para cada um, a sensação é diferente.

E se pedirem uma explicação do sentimento medo? Você pode descrever as reações químicas no seu corpo que definem o medo ou talvez os sintomas físicos. Só que nenhuma dessas coisas estaria descrevendo o sentimento em si, e sim os efeitos colaterais que ele provoca.

Da mesma maneira, era impossível descrever com exatidão os sentimentos de Clara naquele momento.

Ela se sentia incrível, pois iriam conseguir completar a Caçada. Sentia-se especial por isso. Mas também apreensiva pelo que estava por vir – e ao mesmo tempo positivamente ansiosa.

Em meio a essas, havia muito mais sensações. Algumas nomeáveis, como medo, alegria e curiosidade. Outras que eram como um arrepio na nuca, a necessidade de ficar alternando o peso entre os pés e, também, a confusão mental, como se várias vozes falassem ao mesmo tempo.

Havia, no entanto, uma delas que se sobressaía em relação a todas as outras: a certeza de que, a partir do momento em que Vini abrira a porta, tudo mudara e continuaria a mudar.

― Conseguimos ― disse Lucas enquanto soltava o ar.
― É ― Marcelo concordou. ― Nós conseguimos.
Eles ficaram parados por um instante antes de Sophie pigarrear.
― Beleza, então... vamos em frente?
― Sim, é claro, vamos. ― Vini deu um passo cambaleante à frente, como se estivesse um pouco desnorteado. Os demais também se mexeram.

Eles olharam o lado de fora da casa. Era exatamente como Clara se lembrava, exatamente como no Sonho. Isso a fazia ter um pouco de medo e ela precisou respirar fundo para focar que estava na vida real e que nenhuma Ruiva Maluca com poderes descontrolados faria com que ela fosse engolida pelo vácuo escuro no meio do nada e...

Foco, Clara!, disse a si mesma e voltou a olhar a clareira.

Considerando que possivelmente não teve contato com nenhum ser humano nos últimos duzentos anos, o local tinha pouca vegetação. Cal estivera certa ao pensar que a grande parede descascada e cheia de plantas era a parede dos fundos da casa, o que significava que certamente havia uma trilha por perto, assim como aos pés da porta deveria ter uma...

– Ei, olhem isso! Tem uma carta aqui! – exclamou Laura, fazendo-se de sonsa, pois Clara já tinha contado da provável existência dela. – Está escrito que é de Elena!

Ela entregou o envelope, que estranhamente não parecia tão antigo, a Vini. O garoto o abriu devagar para não correr riscos de rasgar o conteúdo. Todos encaravam com expectativa o papel sendo retirado do envelope.

– Ok... Chega de suspense agora, né? Abre aí para a gente ver o que tá escrito! – apressou-o Sophie, cutucando a melhor amiga com o cotovelo para que Clara parasse quieta.

– Certo – Vinícius concordou e abriu o papel dobrado, deixando cair um bilhete no chão.

Rafael se abaixou para pegá-lo e leu em voz alta:

> Caros Caçadores, serei breve.
>
> Devo-lhes meus parabéns por vosso sucesso em minha Caçada. A partir de agora até o último raio de luz do Sol deste mesmo dia, será colocada em prática vossa última provação. Para que isso possa ser feito, a trilha deve ser seguida e o Sonho, reproduzido.
>
> Até logo, meus Sonhadores, e boa sorte na prova final.
> De vossa Majestade,
> Elena M. Torres.

– Sou só eu ou vocês também acham essa mulher muito prolixa? – perguntou Aline.

– Muito o quê? – Guilherme fez uma cara de confuso.

– Que ela fala muito, mas não diz nada. Eu não tenho cabeça para isso – explicou a garota enquanto ajeitava a faixa púrpura que colocara para tirar os cachos curtos do rosto.

– Ah, sei. Eu não entendi muito também. Acho melhor só seguir essa trilha, já que foi a parte que ela deixou clara para nós – disse ele, desviando o olhar e corando um pouco.

– O que tem eu? – perguntou Clara, que estava repassando mentalmente seus Sonhos e comparando-os com o bilhete.

– Nada, Cal, ele quis dizer "clara" de "óbvio", e não seu nome – explicou Lucas, e a menina apenas disse "Ah". – Alguém consegue ver o caminho?

Todos olharam em volta por um instante e Milla exclamou:

– Ali! Perto daqueles materiais velhos.

Sem mais delongas, eles correram para o local, diminuindo a velocidade para entrar no bosque, esperando não tropeçar em algum galho ou raiz.

Os adolescentes caminharam por entre as árvores, às vezes se perdendo em trilhas menores. Clara sabia que já havia estado naquele lugar, correndo por aquele mesmo caminho, porém seguindo na direção contrária.

A menina enrolava nervosamente uma mecha de cabelo, tentando convencer a si própria de que não seria consumida pelo vácuo se continuasse por aquela trilha. Entretanto, não estava tendo muito sucesso na tarefa e tinha que ser praticamente arrastada por Sophie para que chegasse ao destino deles.

Por volta das 16h30, Vini e Liza, que comandavam o grupo, pararam de andar.

– O que foi? Por que paramos? – perguntou Marcelo, tentando espiar mais para a frente da trilha.

– Porque, aparentemente, nós chegamos – respondeu Liza, dando um passo para o lado e apontando a paisagem.

Todos, mesmo Cal e Liza, que já haviam visitado o lugar no Sonho, estavam maravilhados.

Aquele era o mesmo lago que haviam visto dois dias antes, mas visto de outro ângulo. Do atual ponto, a água cristalina refletia apenas o céu de inverno, brilhando sob a luz pálida do Sol. A margem parecia se estender infinitamente, até um local com vegetação e cheio de árvores. A areia não era clara e fininha, como estavam acostumados em praias, mas terrosa, escura e empedrada.

Tudo lá era simplesmente incrível, intocado pelo ser humano. O pôr do Sol era o último detalhe para que ficasse ainda mais perfeito e estava a menos de uma hora de distância.

– Uau! – eles suspiraram em uníssono.

– Este lugar parece um paraíso. – Milla deu um passo à frente, tocando levemente as flores selvagens que estavam no final da trilha.

– É mesmo – concordou Rafael, balançando a cabeça como se saísse de um transe. – Então, nós conseguimos? Completamos a Caçada?

– Não – Liza disse e começou a andar em direção à praia enquanto falava. – Ainda temos a última etapa ao pôr do Sol. E, depois – ela fez uma pausa, absorvendo tudo ao seu redor, e então sorriu antes de continuar –, algo me diz que isso será apenas o começo da nossa aventura.

Eles passaram um tempo se aventurando pelo local, mas Clara logo fez questão de arrumar o piquenique. Apesar de estar se divertindo comendo besteiras e brincando com os amigos, com a chegada da hora esperada, ela não podia evitar o crepitar da ansiedade no corpo.

Cal mal percebeu a mudança de luz antes de Lucas alertar a todos.

– É agora, pessoal, olhem!

A luz avermelhada tornava aquele lugar ainda mais lindo. Era o tipo de beleza que nenhuma foto seria capaz de captar fielmente e que nem depois de vista milhares de vezes perderia a graça.

– É mesmo incrível – Laura comentou com a garota. – Quando vocês contaram que o lugar do Sonho era lindo, não imaginei que seria tão...

– Natural? – perguntou Clara. Afinal, aquele lugar era verdadeiramente feito de elementos simples e menosprezados. E o fato de serem surpreendidos por um ambiente tão incrível e belo tornava a experiência ainda mais única.

– É, natural e calmo. É meio que inexplicável.

– Eu sei, traz uma sensação diferente – confirmou Clara, deixando aquela sensação misteriosa penetrar os ossos.

– É sério, tô me sentindo em um poema ou sei lá o quê – Milla entrou na conversa enquanto comia um pão de queijo. – Não é parecido com aqueles lugares que inspiram os poetas a escrever poemas melosos sobre a vida e a morte, amor e tristeza?

– Nossa, parece! E agora tô pensando na escola e que a gente vai ter que ler aquele livro de poemas nas férias, obrigada. – Laura gemeu de frustração e comeu alguns salgadinhos. – Eu não entendo absolutamente nada que tá escrito lá. Esse negócio de deixar o significado subentendido não é para mim, não.

– Nem para mim – Aline concordou de onde estava, deitada, olhando para o céu. De repente, ela se sentou e disse: – Quando eu morrer, quero que me enterrem aqui e digam que é assombrado pelo meu espírito. Vai ser legal! Por favor, é a única coisa que peço a vocês!

– Ok... – disse Cal lentamente. As garotas, no entanto, olharam de um jeito estranho para Ali e depois riram um pouco da situação. – Mais alguém quer fazer uma lista de desejos para quando morrer? É agora ou nunca, eu vou escrever aqui.

A menina pegou mesmo um caderninho e começou a escrever todas as exigências que as amigas fizeram brincando. Na lista, incluíram: contratar homens com aparência suspeita de detetives, contratar um detetive para investigar a morte com pistas falsas (Liza teve essa ideia para o caso de a morte ter sido um ato criminoso), gravar um vídeo falando mal de todas as pessoas de quem não gostava ou um vídeo de uma Caça à Fortuna (ideia que seria usada se uma delas ficasse rica) e passá-lo no funeral.

A brincadeira terminou quando Vinícius tilintou na garrafinha de refrigerante, como se chamasse a atenção dos convidados em um evento.

– Gostaria de um minuto de sua atenção, por gentileza, para agradecer a presença de todos neste honorável e memorável momento: o meu aniversário de 14 anos – o garoto gesticulava e falava como se fizesse um discurso chique, pedindo para que os outros batessem palmas naquele momento. – É também com muito prazer que anuncio o fim da Caçada e o nosso sucesso nela. Proponho um brinde a isso. Tim-tim!

– Tim-tim! – os amigos ergueram as garrafinhas e beberam um gole do refrigerante, caindo na risada logo em seguida.

Eles pararam ao ouvir palmas lentas vindas de trás de Clara, que estava sentada na ponta esquerda da toalha que usavam.

– Ora, ora, ora, acho que lhes devo meus parabéns também, embora não tenha algo com o que brindar e tenha perdido dez reais.

Naquele momento, todos congelaram onde estavam, olhando um pouco assustados para a jovem ruiva à frente deles, enquanto Cal se levantava lentamente e a cumprimentava com um sorriso:

– Oi, Ruiva, estávamos esperando você.

30

De Sonhadora a Myrikynni, seja lá o que isso possa ser

Se alguém tirasse uma foto daquele momento, quando Clara se levantou, teria uma imagem exatamente igual à do Sonho. Daquela vez, porém, a cena era real. Nervosa demais para se controlar, a garota continuou falando:

– Posso te chamar de Ruiva, né? É que não sei seu nome e acho que já pegamos intimidade o bastante para eu não precisar te chamar de Vossa Alteza.

A jovem suspirou e murmurou algo que soou como "Por todos os santos, mais um deles, não". Mas, antes que Clara pudesse perguntar o que isso significava, ela disse:

– Vou me apresentar devidamente quando terminar meu trabalho aqui. – Ela apoiou as mãos na cintura e conferiu a altura do Sol no céu. – Não temos tempo a perder com suas brincadeirinhas hoje, Maria Clara. Esta é a última chance para você e sua amiga, então ande logo com isso.

Cal hesitou por um instante. Sabia o que deveria fazer e estava animada em fazê-lo, sim, porém não tinha confiança de que conseguiria. Também não tinha ideia do que a esperaria depois.

Ela olhou para Liza, que deu de ombros. Liza que não tinha escolha. Se não fizesse a Iniciação, aos poucos seria morta pelo poder desconhecido. Quando foi que chegaram a essa situação?

Os outros finalmente se recuperaram e resolveram se manifestar.

– Quem é você? Como vocês duas se conhecem? O que faz aqui? É a última chance da Tischler de fazer o quê? – Vinícius disparou várias perguntas.

– Ah, então você é a criança de José – a ruiva ponderou, olhando-o de cima a baixo. – Sabe, tem muitas apostas na aldeia sobre você e o que poderia fazer. Além de, é claro, as apostas sobre a Caçada algum dia ser completada ou não. Ela é uma lenda entre nós, mas nunca havia trazido ninguém novo. O derradeiro feito da última rainha Myrikynni para salvar a linhagem do rei tinha sido em vão, era o que a maioria dizia. Até hoje.

A Ruiva Maluca não respondeu a uma única pergunta do garoto, apenas deu mais informações soltas e confusas. Nenhuma novidade. Entretanto, para aqueles que prestaram atenção no que ela disse, algumas respostas ficaram subentendidas.

– Você é a Rui... – Ali começou a dizer "Ruiva Maluca", mas felizmente teve a boca tapada por Liza.

– Você é do povo de Elena – Lucas substituiu a fala de Aline, com os olhos arregalados notando o que estava acontecendo. – Veio nos dar a última tarefa, certo? E conhece a Cal do... Sonho? Desculpe, mas como?

Para a sorte da menina, a recém-chegada entendeu a situação em que ela estava. Talvez fosse comum, nas buscas dela, que as pessoas ficassem confusas.

– O Sonho é o chamado, não é? – Vini olhou a amiga nos olhos ao fazer a pergunta. Cal não conteve a expressão de "Agora acredita em mim?". – A carta que nos orientava a montar a chave e abrir A Porta dizia que os verdadeiros membros da aldeia de Elena teriam sonhado o tal Sonho. E o que as meninas contaram ontem...

– Vocês realmente sonharam com o chamado para um povo mágico – completou Guilherme, olhando de Clara para Liza como se elas tivessem uma segunda cabeça nascendo.

– As amigas de vocês são Sonhadoras, como chamamos pessoas como eu e a Rainha Elena. Elas são o motivo de vocês terem conseguido finalizar a Caçada, embora imagine que essa parte já tenham adivinhado. Apenas não entendiam o porquê. A resposta é simples. Apesar de a Caçada ter sido feita com os descendentes de José em mente – ao dizer isso ela gesticulou, apontando para Vinícius –, qualquer outro Sonhador poderia completá-la. Na verdade, *apenas* um Sonhador poderia completar a última parte, já que a chave foi enfeitiçada para que só um de nós pudesse montá-la.

– Enfeitiçada – repetiu Lucas, tentando achar lógica em tudo o que a Ruiva Maluca havia dito até aquele momento. – Eu não... Quer dizer... magia?

– Vocês estavam falando a verdade, então? – perguntou Rafael, que recebeu um aceno de confirmação de Liza. – Isso não faz o menor sentido...

– Eu sei que a mente de vocês está explodindo, e as engrenagens estão fazendo hora extra nessas cabecinhas, mas temos algumas horas de viagem para lidar com isso *depois* – interrompeu-os Sophie antes que fizessem mais perguntas.

– Portanto, vá em frente, Vossa Alteza, e diga logo qual é a nossa última tarefa.

A Ruiva ofereceu um pequeno, porém verdadeiro, sorriso a Sophie. Isso deixou Cal um pouco pensativa, pois ela não se lembrava de ter visto isso acontecer antes. Será que ela havia sido irritante demais com a mulher?

– Obrigada, mas a última prova será aplicada apenas a Maria Clara e Eliza. – Ambas fizeram careta pela insistência da mais velha em usar os nomes completos em vez dos apelidos. – A Iniciação começará agora. Maria Clara, você pode ser a primeira, já que está em pé.

Ela se sentia em um livro de fantasia. A garota confusa que estava prestes a entrar em um mundo novo cheio de magia e problemas. Clara sempre se imaginara aceitando isso sem hesitar. Porém, na vida real, tudo era mais assustador do que na fantasia. Especialmente porque ninguém disse a ela o que esperar depois.

Não sabia dizer se ajudava ou não ter os amigos ali, olhando embasbacados para ela, mesmo os que já tinham uma noção do que estava por vir.

Apesar de tudo que haviam conversado durante aqueles dias, a ficha de que aquilo era real estava caindo somente agora. Apenas naquele instante, eles se deram conta de que uma das amigas deles fazia parte de um povo mágico. Pois agora eles tinham a prova viva para acreditar no que ela nunca viu para crer.

Por um instante, Cal se perguntou o que o irmão diria se estivesse ali. Provavelmente perguntaria a ela por que não dava logo aquele passo adiante, porém nos olhos dele ela poderia ver a preocupação e a confusão. Mas Rodrigo saberia que aquilo seria o melhor para a irmã, pois a princesa podia ser muitas coisas, mas sempre fora sincera e deixara bem claro que ela não ficaria bem se não fizesse a Iniciação depois de já saber tanto sobre o tal povo.

E também tinha Liza. Porque aquela questão não era só sobre si, mas também sobre uma das melhores amigas. Ela se lembrou de algo que Liz confessara há alguns dias: *Sabe, mesmo que eu fosse para um grupo diferente com não sei quantas coisas que não conheço, acho que não aceitaria ir sozinha. Já fiz algo assim antes e não é legal ficar só em um lugar em que você não entende ninguém e ninguém te entende. A sensação não é boa. Então, fico feliz que possamos ir, nós duas, para nos apoiarmos.*

Liza precisava ir se quisesse continuar saudável, mas precisava de apoio, assim como Clara. Ela encontrou os olhos da garota de cabelos escuros, que assentiu como se dissesse que estava entendendo.

Esses pensamentos deram coragem para que ela ficasse frente a frente com a Ruiva. Eles a encorajaram o bastante para que dissesse, sorrindo:

– Vamos nessa, então. É minha hora de brilhar!

Os olhos verde-jade da princesa brilharam de orgulho e compreensão. Cal se perguntou quantas vezes ela não teve que ir atrás de Sonhadores que tiveram medo da Iniciação e acabaram se machucando. Questionou-se quantos ela não teria conseguido ajudar a tempo.

Uma mão pálida e sardenta buscou o arco nas costas, os olhos mágicos dela nunca deixando os de Cal.

– Como princesa Myrikynni, povo do qual tu farás parte, devo representar a Fontarbo d'Espero e as vontades dela neste lugar. Ela que me concedeu o privilégio de comandar Vossa aldeia e meus poderes e lhe concederá os teus. Ela te convida a entrar em Vossa aldeia e fazer parte de Vosso povo. Deixarás de ser uma Sonhadora e serás uma Myrikynni.

"Como Myrikynni, deverás comprometer-te em acreditar. Crerá na bondade, na evolução, na compaixão, na gentileza e em todas as coisas boas. Deverás ser boa consigo mesma e com os outros, mesmo quando estes não forem bons contigo.

"Aceitando este arco e esta flecha e cumprindo a Iniciação Myrikynni, serás oficialmente membro de nosso povo, habitante de nossa aldeia, uma súdita da Fontarbo d'Espero até o dia em que quebres as exigências feitas por Ela. Aceitas o arco feito das raízes de Myrikynni, Maria Clara Tischler?"

A garota havia se perdido naquele discurso e, ao ouvir o próprio nome sendo pronunciado, empertigou-se e concordou automaticamente:

– A-hã. – A Ruiva olhou feio para ela, que logo desenrolou a resposta: – Eu aceito o arco.

Com um cuidado excepcional, a princesa lhe passou o arco e a flecha. Ela segurou o objeto com certa insegurança. Afinal, nunca havia chegado nem perto de um deles.

– Aceitas uma das flechas feitas de ramos dados por Ela?

– Eu aceito a flecha.

– E aceitas ser uma Myrikynni, sabendo o que significa ser uma de nós; aceitas receber teu poder e usá-lo para o bem, defendendo teus companheiros e também aqueles que não entendem a grandiosidade de nosso papel no mundo?

– Aceito ser uma Myrikynni, sendo sempre quem eu sou e o que eu sou, mesmo sem saber exatamente o que isso significa. Honrarei a tal Fontarbo d'Espero, ajudando o mundo a melhorar sem nunca causar destruição e defendendo todas as minhas crenças.

Clara não tinha ideia de onde tinham surgido aquelas palavras, até se dar conta de que vinham do coração. Ela apenas disse o que sentia e o que acreditava, do fundo da alma. Ao ver o sorriso presente no rosto da princesa, sentiu que havia dito a coisa certa.

– Então proves a tua disposição e baixes a ponte usando os dons que recebeste ao nascer. Dons que, neste momento, serão acesos como fogo. Proves que és uma representante da natureza em forma humana e atire para abrir tuas portas!

Assim que ela terminou de falar, Clara sentiu e viu o corpo mudar. Os cabelos passaram de um castanho-claro para castanho-avermelhado, os olhos arderam um pouco e a visão melhorou significativamente.

A visão não foi a única coisa que se aprimorou. A audição e o olfato estavam mais aguçados também. Ela conseguia ouvir a respiração dos amigos atrás de si e sentir o cheiro de capim-cidreira vindo da jovem à frente.

Chegou à conclusão de que Rafa deveria ir a algum médico, pois o chiado da respiração dele não era normal. Percebeu também que o cheiro da Ruiva devia vir de um xampu, já que estava misturado com outro que a lembrava o próprio condicionador. Porém, nada disso vinha ao caso.

Além da melhora nos sentidos, Cal se sentia mais forte, mas ao mesmo tempo mais leve. Como se ela pudesse quebrar uma rocha ao executar um *grand battement*.

Era um pouco desconfortável, principalmente porque mudava toda a maneira como ela se movimentava. Entretanto, agora era como se estivesse sendo ela mesma, em sua totalidade.

– Vá em frente – a princesa sussurrou encorajadora enquanto apontava uma direção.

Era como no Sonho. Um ponto marcado em uma árvore do outro lado da margem mais distante do lago. Ao focar aquele ponto, pareceu que a visão da Sonhadora deu um zoom. Ela conseguia enxergar o alvo com perfeição, bem como os animais em volta dele. Prestando mais atenção, Clara notou que o alvo nada mais era do que aquela estranha marca presente nas cartas e se perguntou se não seria uma espécie de símbolo de poder. Mas o que mais a preocupava era o trajeto da flecha, que passaria perigosamente perto do grupo que estava fazendo piquenique.

Clara respirou fundo e fez o melhor para ajeitar o arco nas mãos. Então, posicionou delicadamente a flecha e, por fim, mirou.

Fazer isso era muito mais fácil quando se tinha uma supervisão, mas Clara tinha fama de ter uma péssima mira e essa consciência a desestabilizava um pouco. Se ela errasse, corria o risco de matar um animal ou, pior ainda, um dos amigos.

Não tem problema hesitar, Cal, apenas use este momento de dúvida para se lembrar de que você consegue, foram as palavras da mãe dela minutos antes de ela conseguir andar de bicicleta sem rodinhas pela primeira vez.

Na época, mal sabia o que significava hesitar e teve que pedir para a mãe explicar o que aquilo queria dizer. Mas o ponto é: ela conseguira; logo, conseguiria novamente. Era só olhar para a frente e jamais parar de pedalar.

Como lera Katniss fazer em *Jogos vorazes* dezenas de vezes, Cal posicionou os pés de modo que tivesse mais estabilidade. Ergueu o arco mais um pouco e puxou a corda com a flecha até a orelha, perto da bochecha direita. Quando estava confiante de estar na posição certa, Clara relaxou a respiração e limpou a mente.

Expira. *Talvez devesse mirar um pouco mais para a esquerda.*

Inspira. *Puxar um pouco mais a corda levaria a flecha mais longe.*

Expira. *Calem a boca, vocês duas, pelo menos uma vez na minha vida!*

Inspira. (...)

Expira. Clara soltou a corda e a respiração ao mesmo tempo.

Os olhos agora mais apurados da Sonhadora observaram a flecha passando entre a cabeça de Milla e a de Vini, fazendo com que as mechas loiras da menina se agitassem. Depois, acompanhou-a cruzando o lago, a água cristalina refletindo a flecha enquanto voava. A flecha cruzou a margem e o disparo foi perdendo altura e velocidade aos poucos, até atingir em cheio o ponto marcado na árvore.

Um tiro perfeito.

Aquele ponto no tronco brilhou, e a flecha desapareceu, como se nunca tivesse estado lá. Antes que pudesse questionar a princesa, Cal viu crescerem raízes de árvores em volta daquela que ela havia acertado. Elas se alongavam e trançavam-se umas nas outras por cima das águas, terminando aos pés de Clara.

– O que...? – a menina esboçou uma pergunta, as palavras mal saindo da boca e os olhos brilhando por terem visto mágica acontecer pela primeira vez.

Ela chegou a se beliscar para se certificar de que não estava sonhando. Aquilo deveria ser inacreditável, mas Clara não conseguia impedir as esperanças de que realmente estivesse acontecendo. Agora que o medo e o nervosismo da Iniciação haviam passado, a ansiedade e a animação dominavam o corpo dela.

A respiração dela ficou presa na garganta, assim como os olhos estavam presos na ponte de madeira à frente. Cal sentiu a jovem ruiva se aproximando e colocando a mão direita entre as omoplatas dela antes de ouvi-la dizer:

– Bem-vinda, Maria Clara Tischler, antes apenas uma Sonhadora e, a partir de hoje, membro do povo Myrikynni.

31

Myrikynnis: o que fazem? Onde vivem? O que comem?

O sorriso estampado no rosto de Clara era simplesmente radiante. Ela tinha conseguido passar na Iniciação sem ser teletransportada para um planeta distante ao fazer isso. Um suspiro de alívio ousou escapar por entre os lábios quando ela entregou o arco de volta para a princesa.

Assim que o objeto deixou as mãos, Clara sentiu o seu corpo voltar ao normal. Mais pesado, mais fraco, mais humano.

De volta à sua "eu" de sempre, ela teve a decência de esperar que a mais velha a dispensasse com um aceno de cabeça antes de jogar os braços para o ar e voltar dançando de um jeito esquisito para onde estava antes. A garota se jogou de bunda na toalha do piquenique e reclamou um pouco de ter caído em cima de uma pedra. A Ruiva apenas balançou a cabeça de um lado para o outro:

— Eu mereço, minha santa, eu devo ter feito alguma coisa errada para ter ganhado essas crianças doidas para cuidar. Não é possível.

— Ei! Eu não sou doida! – Clara se defendeu.

— É um pouquinho doida, sim – Sophie contou para a melhor amiga, e todos os outros concordaram.

– Que absurdo! Vocês estão todos contra mim! – a garota colocou a mão no peito como se estivesse extremamente ofendida.

– Sinto muito atrapalhar a diversão, mas nós realmente temos que terminar a Iniciação de Eliza antes de o Sol se pôr. – O sorriso de Cal se desfez um pouco com a fala da Ruiva.

Afinal, eles deveriam ter menos de dez minutos para que Liza realizasse o mesmo feito que Clara. Isso fez com que ela se sentisse um pouco culpada por ter sido a primeira e ter tido tempo de fazer tudo com calma. Liza, no entanto, não pareceu se importar. A morena se levantou e andou com a cabeça erguida até a Myrikynni.

Eles ouviram ambas se prepararem; fora Clara, todos ainda estavam confusos com o que estavam presenciando, como se fosse um fenômeno raro que só acontecia uma vez a cada 345 anos.

Enquanto era proferido para Liza exatamente o mesmo discurso que Clara escutara, Sophie a cutucou no braço.

– Aquilo foi louco de assistir! Como você está se sentindo? – perguntou sem tirar os olhos das garotas em pé.

– Bem, eu acho. Como sempre – sussurrou Cal de volta.

A verdade é que ela não fazia a menor ideia de como estava se sentindo. Sentia-se como sempre quando estava bem, mas ao mesmo tempo não era igual. Porque ela parecia mais forte, poderosa de certo modo, mesmo sem o corpo diferente. Entretanto, as mudanças no corpo, que tinham sido causadas pela Iniciação, ainda era um pequeno problema.

O jeito que ela havia se sentido antes era muito mais vivo do que naquele momento, e isso não tinha muita lógica para Clara. Era como deixá-la experimentar algo muito bom por um minuto só para mostrar que o normal era ok. A sensação de poder correndo nas veias era viciante.

Antes que a menina de 14 anos pudesse entrar em uma espiral de pensamentos, que estavam mais agitados do que o normal, ela ouviu aquelas que eram últimas palavras do discurso e que soavam muito familiares:

– E aceitas ser uma Myrikynni, sabendo o que significa ser uma de nós, aceitas receber teu poder e usá-lo para o bem, ao defender teus companheiros e também aqueles que não entendem a grandiosidade da nossa parte do mundo?

– Eu aceito ser uma Myrikynni, para acompanhar as mudanças do mundo e ajudar aqueles que não conseguem aceitá-las ou não são aceitos nelas. Usarei meus poderes para defender aqueles que acolhem os que precisam e os que forem acolhidos – foi a resposta de Liza que, assim como a primeira Sonhadora, recebeu um sorriso de aprovação.

As palavras de Liza haviam sido diferentes das de Clara, mas isso não as faziam erradas. Eram as palavras que vinham do coração e da alma dela e isso tornava a resposta de cada uma certa. Não tinha um roteiro para aquela parte, em específico. Porém, Clara se perguntou se aquela resposta, que tinha vindo tão naturalmente, não significava algo mais, além do que ela podia entender agora.

As palavras finais foram ditas, e Cal tinha que concordar com Sophie, aquilo era tão louco de assistir quanto de viver. Uma luz branca e fosca cobriu o corpo todo de Liza por um segundo.

Quando se foi, os cabelos escuros tinham sido transformados em um vermelho-escuro, que ficava lindo na pele mais clara da menina. As sardas que pintavam o nariz e as maçãs do rosto dela estavam mais visíveis e os olhos continuavam bicolores, mas em tons de verde-limão e musgo. Eram lindos, profundos e transbordavam poder.

Liza se posicionou mais rápido que Cal, mas demorou um pouco mais para finalmente disparar. Bem a tempo dos últimos raios de Sol, a flecha de Liza atingiu o alvo, e outra ponte de raízes e ramos surgiu ao lado da primeira.

– Bem-vinda, Eliza Hierro Zavala, antes apenas uma Sonhadora e, a partir de hoje, membro do povo Myrikynni – a jovem lhe deu as boas-vindas.

Liza soltou o ar ao devolver o arco, assim como Clara fez. Mas, diferentemente de Cal, Liz não voltou saltitando para perto dos amigos.

– Acho que vocês vão gostar de saber que a Iniciação foi completada com sucesso, assim como a Caçada. Meus parabéns – a princesa disse com o habitual rosto inexpressivo, mas fez com que os adolescentes voltassem a si e começassem a falar uns em cima dos outros.

– Conseguimos mesmo? – perguntou Vini em meio ao falatório, ainda sem acreditar, e a Ruiva concordou. – Legal! Mas... o que exatamente isso quer dizer? O que foi isso com as meninas? O que aconteceu?

– Suponho que a Rainha Elena tenha comentado nas cartas sobre o povo dela. – Gui confirmou com a cabeça. – Bem, este povo é chamado de Myrikynni. Existem algumas centenas (talvez poucos milhares) de nós espalhados pelo mundo todo, reunidos em aldeias escondidas. Eu sou a princesa da aldeia de Itu.

– Espera, existem *milhares* de pessoas mágicas espalhadas por aí e nós não sabíamos? – questionou Gui, um pouco maravilhado.

– É claro, mas os Myrikynnis não são apenas "pessoas mágicas". Pessoas como suas amigas, eu, a rainha e José temos o dom de acreditar mais do que os outros. Você provavelmente já ouviu algum de nós ser chamado de inocente, otimista, infantil ou estúpido.

Os adolescentes se entreolharam, lembrando os momentos em que viram Liza e Cal serem chamadas de coisas do tipo na escola.

– Ninguém sabe ao certo se acreditamos porque somos escolhidos ou se somos escolhidos porque acreditamos – continuou a Ruiva Maluca. – O importante é que uma força divina da natureza nos concede dons sobre-humanos que devem ser usados para ajudar e conquistar aquilo que tanto acreditamos. Chamamos essa força de Fontarbo d'Espero.

– Legal, meio louco e parece um pouco um culto, mas curti – comentou Aline, balançando a cabeça de cima para baixo. – Só por curiosidade, para eu não acabar falando besteira, no que exatamente vocês acreditam?

– Ali, você não prestou atenção no que a princesa disse na Iniciação? – Marcelo questionou e recebeu um resmungo como resposta. – Eles acreditam em um mundo melhor. Um mundo bom para todos.

– Algo assim, menino – concordou a Ruiva. – É difícil explicar com palavras o que exatamente é nossa crença, nossa tarefa na Terra. Não é só achar que um dia tudo vai melhorar, é *saber* que podemos fazer isso acontecer. Então, lutamos contra as Sombras e garantimos que elas não tomem o mundo. Ao passar pela Iniciação, Maria Clara e Eliza concordaram em fazer parte desse povo e cumprir essa tarefa. Por isso, receberam os poderes completos.

– E como você sabe que elas são essas coisas que você diz que são? Como pode saber que nenhum outro de nós o seja? – Guilherme inclinou-se para a frente, demonstrando curiosidade.

Todos haviam se levantado para conversar com a jovem adulta, o que deixava tudo um pouco engraçado, já que apenas Aline e Lucas eram da altura dela. Apesar disso, todos estavam sérios, esperando a resposta.

– Primeiro, porque elas são as únicas que acreditam em mim. Nenhum de vocês, exceto as duas, consegue acreditar em uma palavra do que eu digo, mesmo que estejam tentando. Vocês não são Sonhadores, pois simplesmente não conseguem acreditar sem esforço que algo assim possa ser real e que possam existir pessoas que são diferentes das "normais" vivendo entre vocês e protegendo vocês.

Naquele momento, Clara percebeu a real diferença entre ela e os amigos. Ela nunca teria imediatamente descartado a possibilidade de que os Myrikynnis fossem reais. Mesmo que não tivesse visto ou passado pela transformação, ela teria acreditado, ainda que com dúvidas. E eles nem consideraram a possibilidade.

– Em segundo lugar, dá para saber se uma pessoa é uma Sonhadora pelos olhos. – A ruiva continuou dando de ombros.

– O que têm os olhos? – perguntou Rafael, tocando os dele.

– Sonhadores têm olhos verdes. Nem que seja só uma bordinha – explicou ela, enquanto apontava os próprios olhos, assim como os de Liza e os de Cal. – É a nossa marca.

– Então... qualquer um que tenha olhos um pouquinho esverdeados é um dos seus *Myriguinis*? – Laura inquiriu, parecendo verdadeiramente interessada no que a Ruiva Maluca tinha a dizer, mesmo que não acreditasse por completo.

– O certo é Myrikynnis, e não Myriguinis. Ter olhos esverdeados significa que você *pode* ser um Sonhador, se acreditar o bastante. Ou alguém da sua família pode ter sido um de nós. Apesar de toda a magia, a Fontarbo d'Espero não pode influenciar muito na genética – contou a princesa, e todos pareceram concordar que aquilo fazia sentido. – Porém, nunca foi encontrado um Myrikynni que não tivesse a marca da Fontarbo d'Espero. Isso nos leva a crer que, se é um de nós, tem verde nos olhos. Mas, se tem olhos verdes, não necessariamente é um de nós. Entenderam?

Todos concordaram com a cabeça.

– Ótimo! Bem, eu sempre gosto de conversar sobre isso, mas está ficando tarde e vocês deveriam ir para casa.

Eles concordaram novamente e começaram a arrumar e recolher as coisas para irem embora. Quando tudo estava devidamente guardado nas mochilas e as lanternas estavam ligadas e em mãos, Clara resolveu se despedir:

– Obrigada pela ajuda, Vossa Alteza. Apesar de ter sido tudo meio confuso e de eu achar que você deve aprimorar um pouco sua técnica de fazer as coisas parecerem seguras e divertidas, estou feliz em ser uma Sonhadora, ou Myrikynni, ou sei lá o quê. Eu vou cumprir minha promessa, é sério. Desculpe ter dificultado as coisas para você e desculpe ter te apelidado de Ruiva Maluca.

– Espera, o quê? – a expressão dela passou do que Clara pensava ser "Levemente satisfeita pelo bom trabalho" para uma mistura de confusão e indignação que Cal gostava de chamar de "Essa pirralha disse o quê?".

– De qualquer forma, foi um prazer, mas estão nos esperando para jantar. Então, tchau! – ela terminou, acenando.

– Tchau, Vossa Alteza, obrigada por não me deixar ficar em coma – Liza também se despediu, e os outros acenaram. Antes que pudessem se afastar, porém, forem impedidas por mãos pequenas e fortes.

– Ei, ei, ei! Aonde pensam que vão? – questionou a Ruiva, enquanto as duas meninas lançavam para ela idênticos sorrisos afetados.

32

Nota mental: ser mais direta quando disser "não"

— Você mandou a gente voltar para o sítio — explicou Clara, inocentemente. — Então estávamos indo jantar.

Liza concordou com a cabeça, e a Ruiva Maluca revirou os olhos, mas não soltou nenhuma das duas.

— Eu falei para *eles* voltarem. Não vocês. Vocês duas vêm comigo para a aldeia.

— Sinto muito, mas minha mãe me ensinou a não ir para lugares estranhos com estranhos — rebateu Liza, na maior cara de pau.

— E a minha me ensinou que eu deveria obedecer aos pais dos meus amigos quando estivesse com eles — contou Clara enquanto tentava se soltar. — Nesse caso, tia Hana nos disse para voltarmos para o jantar.

A mais velha bufou e revirou os olhos mais uma vez. Mal tinha que se esforçar para conter as duas garotas que tentavam fugir do aperto de ferro. O jeito que a princesa as segurava não chegava a machucar, mas as impedia de se desvencilhar.

Os amigos não sabiam como agir com a súbita mudança de atitude da jovem, que antes parecera amigável ao responder a todas as dúvidas. Marcelo finalmente piscou e deu um passo à frente.

– Ei! Solta a minha namorada! – ele gritou para a Ruiva, tapando a boca logo depois como se só então tivesse percebido o que tinha dito.

Clara ficou confusa por um instante, até perceber que a suposta namorada era ela própria.

– Opa, pera aí! Eu concordo com a parte de soltar, mas eu não sou sua namorada, não!

– Eu gosto que ele se diz meu melhor amigo e nem disse nada sobre mim – Liza suspirou dramaticamente e virou-se para a moça que as segurava. – É triste a vida de quem é vela, sabe?

– Liza, amor, você não é vela porque não tem casal – Clara explicou com uma risada nervosa.

– Eu achei que talvez... quer dizer, com tudo que aconteceu na noite da fogueira... – Celo demonstrou sincera decepção e confusão.

– Não! Olha, Celo, eu te amo, mas como melhor amigo e nada mais. Desculpa, mas é só isso!

– E por que você não me disse nada antes? – perguntou ele, muito magoado.

– Porque eu não sabia que tinha que dizer! Desculpa se eu não deixei minhas intenções claras o bastante, mas eu não sabia que estava fazendo alguma coisa que te fizesse pensar que eu queria ser sua namorada.

– Você não disse "não" – sussurrou ele olhando para o chão. – Quando eu te pedi em namoro, você não disse "não".

– Mas ela não disse "sim" – Milla entrou na conversa antes que Clara acabasse explodindo com ele. – Na verdade, ela nem se lembra direito do que aconteceu. Liza e Ali tentaram te avisar, Celo. A Cal não quer nada desse tipo com você.

Clara não queria ter sido tão dura com ele. Ele era o menino mais doce que conhecia e ela deveria gostar dele, mas não conseguia. Para Cal, Celo era como um irmão, alguém com quem gostava de implicar e se divertir.

Ela só queria preservar a amizade e acabou machucando o melhor amigo. Marcelo passou a mão no rosto, ainda cabisbaixo.

– Certo... – a Ruiva olhava de um para o outro como se estivesse num jogo de pingue-pongue. – Devemos sair de mansinho agora ou vocês ainda querem dizer alguma coisa? – ela sussurrou para Liza e Clara.

– Saímos de mansinho, por favor – implorou Cal, fazendo Liza voltar a atenção para as duas.

– O quê? Não, você não pode sair por aí sequestrando pessoas e as levando a uma aldeia mágica. Por mais legal que pareça, você não pode. – Liza estava indignada e começava a falar espanhol. – *Pero no, no y no*. Vou ficar mais que feliz em visitar essa aldeia na semana que vem, de preferência durante a aula de matemática, mas agora não vai rolar, não!

Liza continuava tentando se afastar, e Clara podia ver que a jovem estava ficando irritada. Realmente, não podiam ir agora e deixar a tia Hana e o tio Carlos preocupados.

– Solte as nossas amigas, precisamos voltar para o sítio. Vão sentir falta delas se não aparecerem – para a surpresa de todos, foi Marcelo quem voltou a defendê-las.

– Maturidade que chama, né? – Liza murmurou, e Clara concordou com ela. – Ele está certo! Não podemos ir agora! Aliás, por que quer nos levar agora?

– Porque – ela começou lentamente, como se estivesse cansada daquela situação – vocês precisam passar pelas pontes que construíram. Se não passarem, tudo terá sido em vão.

Clara estava definitivamente confusa agora.

– Mas você disse que a Iniciação estava completa – comentou Laura, cruzando os braços.

– A Iniciação está completa, mas elas precisam entrar na aldeia logo depois e encontrar a Fontarbo d'Espero. Se não fizerem isso, o poder irá pressioná-las e matá-las. Acho que, nesse caso, é melhor "sequestrar as pessoas de suas vidas e levá-las a uma aldeia mágica", não? – a Ruiva lançou um sorrisinho para Liz, deixando-a irritada.

– Ué, *y ahora tengo culpa* que Vossa Alteza da Idiotice *no explicó las partes del* troço direito? Se eu vou escolher entre ser levada e comer, *yo quiero* comer. Mas tudo muda se a opção vira ir visitar uma árvore ou ser explodida pelo próprio poder!

– Liza, por favor! Pare de falar assim! – pediu Milla, com os olhos brilhando de aflição.

– Por quê? *Por que ella es uma princesa sabelotodo*? Meu ouvido não é pinico, e eu já a deixei ficar falando um monte de coisa sem sentido! Eu não tenho me... – foi então que ela entendeu.

Todos eles estavam com medo da Ruiva Maluca. Com um medo real, porque ela era forte, tinha arma e magia. E eles tinham uma amiga que tinha sentido emoções demais naquele dia e que estava prestes a explodir.

Nenhum deles sabia o que a princesa poderia fazer, mas sabiam que não seria o grupo a vencer essa briga. Clara tinha presenciado no Sonho como ela destruiu aquele mundo, de forma semelhante a se estivesse matando um inseto.

Clara estava com medo. Muito, muito medo. Porque ela tinha se convencido de que, estando na vida real, aquela escuridão não poderia machucá-la. Mas agora estava nas mãos da detentora do poder. Os amigos não ousavam se aproximar e tentavam ajudar com cuidado. Liza tinha explodido e estava gritando e ofendendo-a.

Ótimo, ela pensou. *Simplesmente, ótimo. Já posso ver meu túmulo:*

Aqui jaz Maria Clara Tischler
Engolida pela escuridão eterna após entrar no caminho de uma princesa com poderes mágicos.
Amada filha, irmã e amiga
Descanse em paz, Cal

A Ruiva Maluca deve ter percebido como Clara enrijeceu, pois aliviou um pouco o aperto nos braços delas. Não o bastante para que ela conseguisse escapar, porém o suficiente para que pudesse entrar em pânico tranquilamente.

– Não vou machucar nenhum de vocês – disse ela em um tom calmo, entretanto parecia tão desconfortável quanto Clara. – Só quero ajudar as amigas de vocês. Tudo que preciso é de duas horas. Depois as devolvo sãs e salvas para o sítio e poderemos decidir quando nos reencontraremos. Para que treinem os poderes e fiquem... – ela engoliu em seco, hesitando quase imperceptivelmente – *seguras*. É parte do que fazemos na aldeia.

– E a outra parte? – questionou Liza, mais calma e envergonhada, provavelmente notando que Clara não abrira a boca por um tempo.

– Vão ver que nossa aldeia é praticamente uma vila comum, só que um pouco mais... arcaica, por falta de palavra melhor. Temos alguns trabalhos como os que vocês conhecem, outros sobre os quais aprenderão. Mas a maior parte da nossa população é feita de crianças e adolescentes. Embora todos tenham funções, eles passam a maior parte do tempo estudando, treinando ou brincando. Algumas das crianças montam a vida lá, outras vão e voltam sempre que podem ou querem. Nossa aldeia não é uma prisão, é apenas um refúgio.

Os olhos verde-jade brilhavam com orgulho e carinho ao falar do lugar, e Clara notou que ela provavelmente era uma das pessoas que moravam permanentemente na vila. Olhou, então, para Liza, que parecia convencida com o que a princesa havia dito, agora que estava sendo racional. Decidida, Cal se recuperou o bastante para dizer firmemente:

– Nós vamos com você, mas tem que nos prometer que vai explicar tudo direito sobre Sonhadores, Myrikynnis, aldeia, poderes e tudo mais.

– É tudo que eu pretendo fazer – concordou a ruiva, solenemente.

– Precisamos dar um jeito para que não estranhem nosso sumiço – lembrou Liza assim que ambas ficaram livres.

– Já pensei nisso. – Então, ela começou a fazer mágica de verdade.

Primeiro, com uma mão sardenta apontada para Liza e a outra para Clara, gesticulou como se as empurrasse. Clara fechou os olhos, esperando que algo viesse e rezando para não morrer. Mas nada aconteceu, e a Ruiva seguiu em frente, girando as mãos e passando-as lentamente pelo ar, diante do corpo delas, de baixo para cima, fechando-as em punhos abruptamente assim que acabou. Esticou os braços para os lados do corpo, abriu as mãos e as passou no ar de cima para baixo, como se fossem pincéis.

Conforme as mãos desciam, uma cópia de Clara aparecia do lado direito da jovem e uma de Liza, à esquerda. Quando terminou, as cópias estavam idênticas e paradas em seus lugares.

– Pronto – ela disse, como se nada tivesse acontecido.

– O que são essas coisas? – perguntou Milla, parecendo querer tocá-las para se certificar de que eram reais.

– São ilusões corpóreas. Para funcionarem, elas precisam de um mestre, mas farão o papel das amigas de vocês com perfeição. Sobretudo, porque ninguém além de vocês procurará falhas que com certeza estarão lá. Afinal, eu não conheço muito bem nenhuma das duas, por isso tive que fazer a ilusão do jeito antigo – a princesa explicou, enquanto fazia aparecer pequenas plantas e animais nas próprias mãos. – Geralmente, eu só penso e crio, não preciso do modelo.

– Foda demais! – Aline estava com os olhos arregalados e com um sorriso infantil no rosto. – Posso tocar?

A Myrikynni bufou uma risada, porém consentiu. Logo, todos estavam brincando com algumas borboletas criadas a partir do nada, até que a Ruiva Maluca fez com que sumissem.

– Preciso de dois voluntários para serem os mestres das ilusões. É simples, vocês darão os comandos mentalmente e elas farão o que vocês mandarem. Elas podem falar, mas, como não são treinadas para separar os pensamentos das falas delas, aconselho deixarem-nas o mais quietas possível. Quem quer fazer isso?

Todos levantaram a mão. A princesa apontou para Lucas, que cuidaria de Liza 2, e Sophie, que cuidaria de Clara 2. Ela encostou o dedo indicador na testa de uma das ilusões e, em seguida, encostou o mesmo dedo, que agora brilhava, na testa do mestre. A jovem fez a mesma coisa com a segunda cópia.

Lucas foi o primeiro a testar o novo brinquedo. Ele fez Liza 2 levantar os braços, dar alguns passos e algumas piruetas no lugar. Depois foi a vez de Sophie, que fez Clara 2 dar uma estrelinha e correr um pouco em círculos.

– Legal – disse ela, enquanto Clara 2 dançava *Macarena*.

– Ok, tenho que admitir que isso é bem legal – Vinícius contou para a Ruiva. – Mas como vamos fazer para trocá-las quando vocês voltarem?

– Quando as duas voltarem, os clones vão sumir automaticamente – explicou a mulher.

– A Ruiva pode nos deixar n'A Porta. Assim que voltarmos, contamos para vocês tudo o que aconteceu – disse Liza aos amigos, que concordam, divertindo-se com os clones.

– Beleza, então, voltem lá e não façam besteira, ouviu Sophie? Sem fazer a Clara 2 dar mortais. Nos vemos depois – Cal se despediu, mas os outros não deram muita atenção. – Então, acho que agora podemos ir. Lidere o caminho, Vossa Alteza – gesticulou com as mãos como se abrisse caminho para a moça.

Cal ainda segurava firmemente a mão de Liza, mas com a outra acenava, animada, para o grupo que as observava. As três pararam em frente às pontes. A mais baixa disparou rapidamente contra a árvore, fazendo com que uma terceira aparecesse.

– E agora? – perguntou Liza, retribuindo o aperto na mão da amiga.

– Agora subimos em nossas pontes. É a maneira mais rápida de chegar à aldeia – respondeu ela, ajeitando algumas mechas vermelhas que escaparam da trança bem-feita.

– Tá bem... – a morena hesitou, então se virou para olhar a ruiva. – Sabe, você nunca nos disse como deveríamos chamá-la.

Ela deu de ombros e mandou que se preparassem para subir nas respectivas pontes.

Isso forçou que as amigas soltassem as mãos. Clara ousou olhar para trás apenas uma vez enquanto contavam até três. Quando a contagem acabou, a princesa disse:

– Meu nome é Daniella.

Os pés encostaram na madeira e as três sumiram na noite.

33

A Vilagô de Lumo

A sensação de ser engolida por uma ponte era menos desconfortável do que parecia. Quando Clara parou de rodar, estava em pé – e tentando permanecer assim – em um lindo e alegre vilarejo.

Elas aterrissaram nos limites de um bosque, o que lhes dava visão de todo o restante do lugar majoritariamente aberto e arborizado. Alguns postes de luz iluminavam as ruelas da aldeia, mas não tiravam o brilho de todas as estrelas visíveis no céu limpo.

As ruas eram de terra batida, cercadas de tendas, casas e alguns espaços mais limpos que Clara supôs serem áreas de treino. Todas as ruas maiores eram direcionadas ao centro do vilarejo.

Cal entendeu o que a princesa quis dizer quando chamou a aldeia de arcaica, embora não tivesse certeza se a definiria assim. Era como uma pequena cidade do início do século 20. As casinhas eram de tijolos pintados de todas as cores imagináveis, tinham cercas baixas de madeira, nada era asfaltado, havia pouquíssima tecnologia à vista e nada que poluísse o lugar.

As pessoas andavam tranquilamente e conversavam umas com as outras sem a menor preocupação. Alguns jovens levavam equipamentos para lojas e arenas, mas a maioria parecia estar arrumando as coisas e entravam nas casas ou desapareciam no limite do bosque. Havia poucos adultos, ela reparou, mas os jovens pareciam se virar muito bem sem eles.

Um barulho de passos rápidos tirou a atenção dela da aldeia e fez com que se virasse para as companheiras. Liza aparentemente não teve a mesma boa impressão do transporte e correu para um arbusto, onde começou a vomitar. Clara foi até ela e segurou os cabelos da amiga até que Liza levantasse o rosto e limpasse a boca com a mão.

– Jeito meio turbulento de viajar, não? – perguntou Liza, já se recompondo.

– Diz isso porque nunca viajou pelo vaporizador. – Daniella sorriu como se lembrasse algo bom.

Daniella. Sim, agora a Ruiva Maluca tinha nome, e Clara tinha a impressão de que teria um trabalho duro para convencer Sophie e, principalmente, Aline a largarem o apelido.

– O nome não é muito atraente – disse Liza, fazendo uma careta.

– Não, mas é muito adequado. – Ela deu de ombros. – Agora vamos, não temos muito tempo, e tenho muito o que falar e mostrar.

Clara não podia negar que ainda estava com um pouco de receio dos poderes desconhecidos daquele lugar. Não que tivesse medo da magia em si; ela gostava bastante dessa parte.

Era só um senso de autopreservação. Entretanto, a curiosidade da garota tinha o arriscado costume de falar mais alto que o medo. Liza e Clara se posicionaram uma de cada lado de Daniella e começaram a acompanhar os passos da princesa.

– Esta é a aldeia de Itu-São Paulo, mais conhecida como Vilaĝo de Lumo. Este é o principal povoado Myrikynni do Brasil. Eu ousaria dizer que é o maior do mundo, tendo 53 habitantes de período integral mais 74 que vão e voltam de cidades na redondeza, como eu suponho que vocês duas farão. Isso dá um total de 127 Sonhadores da Vilaĝo de Lumo, entre as idades de 3 e 75 anos. As casas que vocês podem ver são como repúblicas, onde os Myrikynnis moram com as famílias. – O tour foi iniciado pelas ruas de terra, e Daniella acenava para todos por quem passavam.

– Mas... a carta de Elena dizia que Myrikynnis não tinham romance entre si e que os mais velhos tinham 30 anos – questionou Liza, que estava tão confusa quanto Clara sobre as informações da carta.

– A média de idade de saída é 30 anos, sim, mas a carta está obviamente desatualizada. Cerca de oitenta anos atrás tivemos um aumento populacional gigantesco, chegando 200 habitantes fixos. – Daniella parecia satisfeita em sanar as dúvidas delas. – Guerras sempre são difíceis para Myrikynnis, sobretudo porque é nosso trabalho evitá-las e, quando não conseguimos, precisamos controlá-las. Mas, após uma guerra, nossos números sempre crescem absurdamente. Chamamos isso de "renascimento da esperança". O que não era esperado é que esses novos Sonhadores trariam consigo grandes mudanças para o nosso povo, entre elas o aumento do tempo ativo dos Myrikynnis e o layout da aldeia. Ninguém sabe o porquê, mas é magia e nem sempre ela tem um motivo para agir.

– E o romance? O que mudou sobre isso? – Liza voltou a perguntar, tão curiosa quanto Cal.

– Isso era uma regra que perdeu o sentido e foi desvalidada. Principalmente por causa de uma das mudanças pós-guerra, algo que chamamos de "pares perfeitos". São como almas gêmeas, porém podem mudar. O par perfeito acontece quando o par romântico que ambos *precisam* e *querem* é identificado pelas magias. O que os dois precisam e querem pode mudar, por isso existem namoros entre pares perfeitos que acabam depois de algum tempo. Mas, depois que se casam, o laço é muito forte e improvável de ser quebrado, a não ser que algo como um trauma aconteça. Mesmo assim, já ouvi falar de pares perfeitos que continuaram tendo o laço.

Cal gostou da ideia de pares perfeitos. Para Clara, a ideia de "almas gêmeas" sempre pareceu muito forçada. Pessoas mudam, as necessidades mudam, o mundo muda. Cal gostava da ideia de que almas gêmeas pudessem mudar também.

– Independentemente disso, as famílias que moram nas casas não têm a ver com relacionamentos românticos ou família de sangue – continuou a princesa. – As famílias podem ser grupos que chegaram juntos à aldeia, que têm treinamentos parecidos ou que trabalham juntos. Às vezes, os grupos não dão certo, e as pessoas trocam de casa. Porém, no geral, eles se tornam as famílias uns dos outros permanentemente.

Era uma coisa bonita de se pensar, pessoas de cidades, origens e vidas diferentes se conhecendo e se tornando uma família. Uma família de amigos com quem se pudesse contar.

Clara gostava dessa ideia: por mais que amasse com todo o coração a família biológica, ter uma segunda não parecia ruim.

Ela se perguntou qual daquelas casinhas coloridas seria a de Daniella e quem seria a família dela.

— Por aqui, temos os nossos ringues de treinamento. Eles servem para treino de combate corpo a corpo, com armas ou com poderes. Vocês terão ajuda de Myrikynnis mais experientes, não necessariamente, mas possivelmente, das futuras famílias de vocês. Decidiremos isso mais tarde, quando terminarmos o tour.

— Espera, você disse armas? — Liza parou de andar, o que fez com que a Ruiva parasse também.

— Sim, como você espera lutar sem elas? Não se preocupe, não usamos armas de fogo, apenas arcos, espadas, adagas, bastões, esse tipo de coisa. É totalmente seguro se souber usar — explicou Daniella, como se aquilo devesse tranquilizá-las.

— Lutar? — perguntou Liza de novo, e Clara disse logo em seguida:

— Mas se é seguro se soubermos usar, e nós não sabemos, como isso deveria ser uma coisa boa para nós? — àquela altura elas já estavam andando novamente.

— Discutiremos a parte da luta depois, mas quanto à sua pergunta, Maria Clara, posso garantir que os treinadores são muito profissionais e... — a voz da princesa foi morrendo ao se aproximarem de um ringue.

Daniella fechou os olhos por um momento, fazendo uma prece a seja lá quais fossem as entidades em que ela acreditasse, e continuou entrando na arena onde uma musiquinha tocava.

Duas adolescentes dançavam sincronizadamente para a telinha do celular. Dois garotos de aparência entediada estavam deitados sobre bancos que deveriam ficar nos cantos do ringue, porém foram arrastados para que ficassem lado a lado. O lugar estava desorganizado, como se tivessem começado a arrumar tudo, mas tivessem desistido e passado a relaxar.

De braços cruzados, a princesa esperou que as meninas terminassem a dança. Elas comemoraram a conquista e uma delas, a que tinha pele clara e cabelos loiro-escuros presos em um coque frouxo, pegou o celular de onde tinham-no apoiado. Elas aproximaram a cabeça para assistir ao vídeo.

– Ah, esse ficou bom – a garota disse, animada.

– Graças a Fontarbo, já fizeram essa dança dezesseis vezes! – um dos meninos reclamou, obviamente cansado de brincar com a bolinha que jogava para o ar.

– É um número muito específico. – A menina do coque ergueu uma sobrancelha.

– É porque ele contou – responderam juntos a segunda garota e o menino que cortava um pedaço de madeira com uma faca.

Clara sorriu com a interação, assim como Liza, mas Daniella apenas limpou a garganta e comentou sarcasticamente:

– Que bom que terminaram o castigo e ainda tiveram tempo para fazer dezesseis dancinhas antes do meu retorno.

Os quatro congelaram ao som da voz da governante.

– Corre, Luiza, corre! – a menina do coque, Luiza, foi rápida em obedecer à amiga.

Luiza se distanciava, e os três adolescentes restantes se aproximaram delas com sorriso torto no rosto. Daniella se afastou das duas novatas para conversar com eles. Daquele ponto de onde Clara estava, podia deduzir três coisas. Primeiro, Daniella não estava brava de verdade. Segundo, os adolescentes deviam ser os mesmos que tinham entrado no sítio, sabiam disso. Terceiro, aqueles quatro, Daniella e os três desconhecidos, eram com toda a certeza o grupo de jovens mais lindo que ela já vira.

Descrevê-los como "lindos" nem chegava aos pés da aparência deles juntos. Eles eram estonteantes. Eram o tipo de pessoas que faziam modelos parecerem sem sal. Nenhum deles era perfeito, mas qualquer "defeito" que pudessem ter combinava com a aparência deles.

A garota que dançava era a mais bonita entre eles.

A pele tinha uma cor linda, que lembrava a cor de grãos de café torrados. Os cabelos eram muito cheios, cacheados, e iam até a altura do umbigo da jovem que parecia ter 17 anos. Mas o mais impressionante era a cor deles. Vermelho-vinho. Ela nunca tinha visto cabelos naturalmente vermelho-vinho.

Os olhos também eram excepcionais, cor de pinho e brilhantes, emoldurados por cílios escuros e sobrancelhas bem delineadas. O nariz era achatado e tinha o tamanho certo para compor um rosto de maçãs altas e lábios cheios e rosados, que estampavam um sorriso torto.

Ela era bem mais alta que a média, por volta de 1,80 metro, curvilínea e não magra. Ela se vestia com leggings e um moletom largo da mesma cor dos olhos.

Entre ela e o garoto da faca estava o menino da bolinha. Ele tinha pele bronzeada, devia ter a mesma altura de Cal e parecia ter a mesma idade também. Os cabelos dele eram lisos e pretos como piche, bagunçados de um jeito bonito.

Os olhos levemente repuxados lembravam mais duas esmeraldas do que olhos de verdade – e eram hipnotizantes demais para o gosto dela –, fazendo com que perdesse a noção do resto. O garoto tinha o nariz pequeno e os lábios vermelhos curvados em um sorriso travesso, com dentes presos num aparelho fixo que o fazia parecer o terror das autoridades.

Na verdade, tudo naquele rapaz exalava confusão, desde os olhos hipnotizantes ao sorriso malandro, da forma magricela e dos traços "femininos" à postura relaxada, com as mãos nos bolsos do jeans surrado e a blusa preta amassada com estampa de uma banda.

Por fim, o último garoto parecia mais quieto, mas não necessariamente mais tranquilo. Aparentava ser aquele amigo que dava a ideia e planejava a maior parte das encrencas, mas de quem ninguém nunca desconfiava, o que o deixava com o trabalho de encobrir e defender os outros.

Os cabelos eram ondulados, de um lindo tom caramelo, com algumas mechas que caíam no rosto de traços fortes. A pele era apenas um pouquinho mais escura que os cabelos. Os olhos eram amarelo-esverdeados ou verde-lima, talvez. Diferentemente das íris do outro menino, estas não eram hipnotizantes, mas ainda assim fascinantes. Clara provavelmente poderia passar horas observando aqueles olhos e tentando dizer a cor exata deles sem se cansar.

O garoto devia ter quase a mesma altura da amiga, cerca de dez centímetros a mais que Cal, porém não parecia muito mais velho. Ela chutaria que tinha acabado de fazer 16, já que tinha alguns músculos e um pouco de acne. Era difícil dizer qual dos dois meninos era o mais bonito, porém o sorriso do segundo fazia com que ele ganhasse o voto de Clara.

A voz de Daniella a tirou do estupor de admiração. Ainda bem, pois ela poderia jurar que parecia uma fangirl babando pelos ídolos.

– Estavam se divertindo? – perguntou ela, ainda de braços cruzados.

– Não muito. Tiz não nasceu para a dança – provocou o garoto de olhos hipnotizantes, levando um tapa no braço da menina à direita.

– Sou ótima dançando, como em tudo que faço. Essa não é apenas uma de minhas perfeições – explicou, com a voz levemente divertida, a garota de cabelos vermelhos.

– Pensei que tinha mandado arrumarem o ringue, não bagunçá-lo. – Daniella pressionava o ponto entre as sobrancelhas, mas Clara tinha a impressão de que estava contendo um sorriso.

– Sim, sim, castigo por descobrirmos que tem como fazer a Fontarbo d'Espero brilhar no escuro e resolvermos fazer isso. Uma grande injustiça, afinal isso não machucou ninguém e todos se divertiram. – O mesmo menino fez um gesto desconsiderando a fala da princesa.

– O castigo é porque invadiram a propriedade do sítio, ameaçando nos expor e ameaçando *a vida* destas meninas – explicou ela, fazendo-os murmurarem um "Foi mal" para elas.

– Quer dizer que podemos usar a árvore para festas de novo? – desta vez foi o garoto do sorriso mais bonito quem falou, recebendo um olhar de repreensão.

– Oh, espere aí, essas são as meninas que participaram da Caçada? – a garota as olhava como se estivesse esperando por ela. O sorriso sarcástico se tornando amigável.

– Isso, essas são Eliza e Maria Clara – Daniella as apresentou e depois passou a apontar o grupo da esquerda para a direita. – E estes três são Nicolas, Gabriel e...

– Tiz – disse a menina, revirando os olhos verde-pinho. – Ella tem o terrível hábito de ser muito formal quando se trata de novatos. Isso inclui chamar todo mundo pelo nome completo em vez de usar os apelidos que todos preferimos. Vocês podem me chamar de Tiz, estes são Gabe e Nick. Podem chamar a Daniella de Ella também, ela não vai se importar. Como devemos chamar vocês?

Tiz era muito simpática, e Clara gostou dela imediatamente. Algo dizia que em breve as duas seriam grandes amigas.

– Me chamem de Liza – a amiga foi a primeira a responder. Os três se olharam e Gabriel respondeu:

– Liza é um nome legal. E você?

– Todo mundo me chama de Clara ou de Cal. – Eles se olharam de novo.

– Bem, isso vai ser um problema, nós temos mais duas Claras aqui. Qual é o seu sobrenome? – Gabe comentou, pensativo.

– Tischler – respondeu Clara, erguendo uma sobrancelha. Eles piscaram, provavelmente se perguntando como falariam aquilo.

– E se te chamarmos de *Mac*? – Gabriel sugeriu e Tiz virou-se para ele.

– Encurtamento de Maria Clara? – perguntou ela, olhando para a menina mais nova, considerando o apelido – É, eu acho Mac legal. O que acha Ella?

– Acho que combina – concordou a princesa, para a surpresa de Liza e de Clara.

– Ótimo! Nick? – Os cabelos cor de vinho voaram quando ela virou-se para o garoto.

Ele olhou para Cal por um momento de contemplação, sorrindo um pouco, e ela sentiu as bochechas queimarem com a atenção.

– Mac – disse ele, testando o nome. – Parece bom. Você gosta, Mac?

Ela considerou por um instante. Mac não soava nem um pouco ruim, por mais que Clara tivesse achado Gabriel um pouco rude ao sugerir.

– Até que eu gosto – concordou, afinal.

– Que bom – Nick sorriu de novo. – Porque você não ia conseguir convencê-lo a te chamar de outra coisa.

Antes que Clara pudesse dizer qualquer outra coisa, Gabriel exclamou:

– Ei! Se essas duas são da Caçada, então eu ganhei o bolão! Ganhei minha aposta com você também, Ella?

Daniella resmungou algo sobre como já deveria ter aprendido a nunca apostar com ele, e o garoto ficou ainda mais animado. As novatas deveriam estar com a confusão estampada no rosto, pois Tiz explicou:

— Gabe apostou com a Ella que vocês só aceitariam passar pela Iniciação depois de terminarem a Caçada com seus amigos. Ele também é um dos poucos que estava do lado do bolão que dizia que vocês onze conseguiriam concluir o desafio da rainha.

— Obrigado por isso, aliás. Ganhei um bom dinheiro nessa aposta. — Ele piscou um olho verde para elas, e Clara revirou os olhos.

— Elas vieram visitar a aldeia rapidamente e aprender um pouco sobre nós. As duas precisam se encontrar com os amigos no sítio o mais rápido possível — Daniella contou a eles, e foi a vez de Gabe revirar os olhos.

— Por que vocês iriam querer sair daqui? É muito melhor do que lá fora — disse ele.

— Não que eu não ame a Vilaĝo de Lumo tanto quanto você, mas eu tenho a leve impressão de que sua preferência vem do fato de que não precisa estudar todas as matérias que eles estudam nas escolas de lá estando por aqui — zombou Tiz, porém Gabriel lançou mais um sorriso torto e deu de ombros.

— Não importam os motivos, todos têm o direito de escolher se vão morar ou não aqui. — Ella lançou um olhar feio para o rapaz. — Queria apenas mostrar um dos ringues de treino para elas, mas assim também puderam conhecer um pouco da minha família.

— Que legal! Vocês chegaram juntos aqui? — Liza perguntou, imaginando, assim como Cal, que aquele seria o único jeito de eles serem uma família. Os quatro simplesmente riram.

– Eu e Ella, sim. Os dois chegaram mais tarde – contou a menina mais alta.

Foi Daniella quem explicou a graça para elas, soltando um longo suspiro:

– Mesmo sendo difícil de acreditar, estes são alguns dos membros mais influentes do Conselho de Vilagô de Lumo. Tiz é a minha general, Nick é o mestre de magia, também conhecido como mestre dos magos, e Gabe é o curandeiro-chefe.

– Ah – Clara soltou, sem saber o que dizer.

Apenas não conseguia enxergar nenhum deles em posições sérias. Contudo, não os conhecia o suficiente para ter o direito de dizer algo a respeito. Portanto, apenas perguntou:

– General e curandeiro eu entendo, mas o que é um mestre de magia?

– Significa que eu treino os poderes de todos aqui, cuido para que ninguém esgote ou superlote o poço de magia, mas cargos de magia são principalmente para pessoas que lidam com a Fontarbo d'Espero e outras criaturas mágicas – contou Nicolas, transparecendo orgulho do trabalho.

– Quando tivermos mais tempo, vocês vão aprender tudo sobre os cargos. E vocês, terminem isso antes de eu voltar e então chamem os outros, quero fazer uma reunião do Conselho ainda hoje. Agora, vamos – ordenou a princesa, a voz a fazendo soar como uma autoritária.

Clara mal teria tempo de acenar em despedida antes de segui-la, porém isso não foi necessário. Não quando uma explosão ressoou do outro lado do vilarejo.

– Mas o que... – Liza começou a perguntar, mas foi interrompida por Gabe.

– Parece ter vindo da Casa de Transportação. – Pela primeira vez, ele não parecia estar brincando.

– Merda, o que foi que a Tainá fez desta vez? – questionou Ella a si própria e começou a correr em direção ao som. – Gabe, a Luana é quem está de plantão, então nem pense. Continuem o passeio!

– Deixa comigo – Nick se ofereceu enquanto Daniella sumia a distância.

– Não mate a Menina Maluquinha! Não teremos tempo para encontrar uma nova mestra viajante antes da reunião! – Tiz gritou antes que ela desaparecesse completamente.

– Ela não pode me impedir de trabalhar no meu próprio departamento – murmurou Gabe, semicerrando os olhos. – E ainda não me deu as minhas dez pratas.

Eles riram um pouco dos dois comentários antes que Nicolas dissesse:

– Vamos indo então? Vocês ainda têm muito para ver.

– Para onde você pensa que vai? – perguntou a general, pegando uma espada longa do chão.

– Liza e Mac ainda precisam de um tour, e eu tomei a função de guia para mim. – O sorriso dele foi aumentando conforme falava. – Divirtam-se arrumando a arena!

Então os três se despediram, sendo seguidos por uma série de xingamentos direcionados a Nick, que apenas sorria. As meninas também estavam se divertindo com a situação.

Talvez Clara acabasse gostando mais do que devia daquela aldeia.

34

Vini fica de castigo

Durante a volta para o sítio, feita o mais rapidamente possível, Vini só conseguia pensar que estava ficando louco. Essa era a única explicação plausível para o que tinha acabado de acontecer. Ele era louco ou estava sonhando e acordaria a qualquer instante.

Primeiro, uma garota mais velha, ruiva e meio doida tinha aparecido do meio do nada. Depois, Liza e Tischler tinham basicamente passado por uma transformação das Winx. Então, a mesma ruiva as tinha convencido a ir para a aldeia de Elena, mas não sem antes deixar dois clones delas, é claro. Para completar a maluquice, as três foram abduzidas por pontes mágicas.

Descendente de José ou não, aquilo era suficiente para fazer qualquer um ficar maluco.

Ou quase qualquer um.

Ao que tudo indicava, Clara estava contando a verdade sobre o Sonho e sobre fazer parte de um povo mágico. E Vini tinha simplesmente a chamado de mentirosa.

Não que ela não tivesse mentido. Ela escondera aquilo por dias antes que eles descobrissem que havia, de fato, um segredo. E depois simplesmente jogou tudo no colo deles para que entendessem sozinhos.

Eles se aproximaram da casa, e o garoto balançou a cabeça para afastar esses pensamentos. As meninas tinham prometido uma explicação mais completa e paciente durante a viagem de volta, portanto ele esperaria por isso.

A entrada para A Porta continuava destrancada, uma precaução para o caso de a chave não funcionar muito bem na volta. O grupo entrou em silêncio; os outros provavelmente também estavam pensativos sobre os acontecimentos daquela tarde.

Ao entrarem, os adolescentes optaram por manter A Porta aberta, não sabendo a hora em que Cal e Liza voltariam. O que eles não esperavam era uma presença ainda mais silenciosa aguardando o retorno deles.

– Mãe! – exclamou Vini, assustado por encontrá-la no local. – O que você tá fazendo aqui?

– Esperando você! – exclamou Hana, colocando as mãos na cintura. – Eu disse para voltarem antes do jantar. É perigoso ficar andando na floresta quando escurece!

– Mas a gente voltou antes do jantar! – justificou o garoto, temendo a ira da mãe.

– Jantar é modo de dizer, meu filho, já está tarde, e eu estava muito preocupada com vocês! – ela balançou a cabeça, decepcionada. – Se você não vai ser cuidadoso com essas coisas, como posso deixar você solto, Vinícius?

Sabendo que a mãe falava sério e que estava realmente considerando reavaliar a liberdade que ele podia ter quando vinha para o sítio, Vini se apressou em se defender:

– Não é culpa nossa, a gente foi responsável, sim! Quando começamos a voltar, não estava escuro, mas ficou noite muito rápido. Como somos muito responsáveis, levamos lanternas por via das dúvidas, e deu tudo certo!

A mulher comprimiu os lábios e olhou no fundo dos olhos dele. Ela sempre fazia isso quando queria descobrir se estava falando a verdade. Quando Vinícius era mais novo, ela dizia que podia ler a mente dele e isso fazia com que ele acabasse soltando a verdade quando mentia.

Depois de um tempo, Hana suspirou. Vini soltou o ar junto dela, sabendo que tinha acreditado nele.

– Certo, eu converso com você depois, Vinícius, mas por enquanto vocês estão liberados. – A mãe concedeu, indicando a porta para dentro da casa. – Agora, vão tomar um banho, todos vocês, e depois vamos comer. Sei que estão animados com o último dia aqui, mas preciso que acordem cedo amanhã. Então, sem conversinhas até de madrugada, ok?

Os adolescentes assentiram, passando por ela e seguindo para os quartos. Eles já tinham previsto esse discurso. Sabiam que não poderiam ficar n'A Porta até tarde esperando Cal e Liza, mas Vini percebeu que a mãe pegaria no pé dele para que ficassem nos quartos.

Os banhos foram o mais demorados o possível. Quanto mais tempo levassem para "ir dormir", mais chances teriam de estarem acordados para verem as meninas retornando.

Andar com clones delas era algo muito estranho. As ilusões das amigas não faziam muita coisa. Apenas andavam e sorriam quando alguém falava com elas. Aliás, o grupo passou a refeição toda evitando que qualquer adulto falasse diretamente com elas.

Quando finalmente não puderam mais evitar, os amigos foram para os quartos, mas não se deitaram, como o prometido.

Se fosse necessário, eles passariam a noite em claro, esperando um sinal de que as amigas estavam de volta.

35

Estrangeiros e seu rancor por uma Rainha Louca morta há dois séculos

O passeio por Vilagô de Lumo continuou pelas ruelas cada vez mais silenciosas. Segundo Nicolas, a maior parte dos Myrikynnis que não morava na aldeia já havia voltado para casa, e os outros estavam jantando ou no trabalho.

Como Clara havia adivinhado, Nick não parecia apreciar muito conversar com pessoas desconhecidas, mas contava tudo o que elas precisavam entender sobre aquele povo sem os detalhes confusos de Daniella.

O menino as tranquilizou ao dizer que os Myrikynnis tinham um dom natural com as armas que usavam e que, mesmo sem essa facilidade, recebiam um treinamento prévio para ajudar com postura, respiração e músculos, além de não começarem com armas de verdade, sendo pessoas sem a menor habilidade.

Naquele momento, os três caminhavam sem pressa por uma rua que levava ao centro da aldeia. Nele, conheceriam a parte social do vilarejo, assim como o centro político. Conforme se aproximavam do destino, o Myrikynni voltou a falar:

– Nós tentamos imitar o mundo exterior o máximo possível. Principalmente para facilitar para quem chega pela primeira vez, mas também para não ficarmos perdidos quando saímos. Pense na VL como uma cidadezinha do interior. Temos um centrinho, uma escola, casas, parques e uma espécie de prefeitura, que chamamos de Casa do Conselho.

Enquanto falava, Nick ia apontando para a direção em que as coisas ficavam. Mas, antes que Cal pudesse perguntar alguma coisa, ele continuou:

– O que realmente muda são os quesitos culturais e políticos. A maior parte da cultura vocês vão aprender por si mesmas, é muito mais fácil que vocês aprendam assim do que só me ouvindo falar. Quanto ao governo, posso começar explicando o geral, mas é melhor deixar Ella dar os detalhes – ele ofereceu.

– Por favor, nos explique o geral – pediu Cal, quase suspirando de alívio por Nick não explicar tudo sobre a cultura agora; caso contrário, ela enlouqueceria.

Era óbvio que ela estava curiosa, mas certamente não conseguiria absorver tudo e só ficaria ainda mais confusa.

– Tudo bem, então. – O garoto seguiu em frente, pensando por onde começar. – Vocês sabem que Ella é nossa líder, certo? Mas temos vários outros sub-líderes, como eu, Gabe e Tiz. Cada área de trabalho tem um representante e cada um, uma cadeira no Conselho.

– E o que vocês fazem? Ajudam a Daniella nas decisões dela? – Clara chutou e o garoto concordou.

– Mais ou menos isso. Somos escolhidos democraticamente pelas pessoas que trabalham conosco e pelo restante da assembleia. Por mais que Ella tenha uma visão geral das coisas, sabemos melhor do que ela o que está acontecendo exatamente e do que precisamos. Isso é muito importante, sobretudo quando estamos tratando das Sombras ou dos Pragmáticos.

– Pragmáticos? – perguntou Liza, sem entender muito bem.

– É, as pessoas que não acreditam, que não são Sonhadoras – explicou Nick, chutando uma pedrinha para fora da rua. – Teoricamente, todos têm a mesma influência, mas há uma hierarquia não formalizada que consiste na ordem de proximidade que nos sentamos da governante, que, no nosso caso, é a Ella, nossa princesa. Ela tem o voto de Minerva e é ela também quem faz as regras e quem manda em todos nós, porém a maioria dos representantes tem que ser a favor do que a princesa disser para fazer valer.

– Mas e a rainha? Ou o rei? Eles não estão acima dela? – questionou Cal, chegando mais perto, conforme eles se aproximavam de uma parte mais agitada da aldeia.

Ao ouvir essa pergunta, Nick fez uma leve careta. A voz dele saiu um pouco mais dura quando respondeu:

– Eles estariam, sim, se ainda existissem. – Liza e Clara arquejaram, surpresas, e o garoto sacudiu a cabeça e soltou um risinho. – Não tem porque ficarem assim. Não temos mais reis e rainhas, porém nos viramos muito bem com príncipes e princesas.

– O que aconteceu? Por que eles sumiram? – perguntou a menina de cabelos mais claros.

– Ninguém sabe. – Ele deu de ombros. – Tem muitas histórias, lendas e teorias que correm mundo afora. Alguns dizem que foi uma maldição; outros, que foi um feitiço de algum monstro para tentar nos desestabilizar. Alguns mais conformados dizem que foi a vontade da Fontarbo d'Espero, já que uma única aldeia chegava a ter quatro governantes ao mesmo tempo e isso, às vezes, gerava confusão. Os mais dramáticos alegam que a Fontarbo d'Espero foi envenenada e que nossas funções concedidas desaparecerão uma por uma até que ela morra e fiquemos desordenados, desprotegidos e sem poderes. Pergunte às pessoas e cada uma terá uma opinião diferente. É uma loucura.

Clara estava definitivamente curiosa para saber mais daquilo. Quer dizer: que tipo de monstro poderia alterar a ordem mágica de funcionamento daquele povo? Seria algo natural ou algo que pertencia a outro plano, ainda mais superior? Esse plano falhou ou ainda está andando lentamente? Eram muitas as perguntas que ela tinha, porém, quando abriu a boca para comentar, foi interrompida por um gesto de Nicolas.

– Olha, poderia te contar todas as teorias que conheço, mas ficaríamos aqui a noite toda. Se você estiver interessada nisso, posso te ajudar a encontrar livros e pessoas que conheçam mais dessa parte da história do nosso povo. Além do mais, vocês vão aprender mais na escola daqui. O que posso contar agora são alguns fatos confirmados, ok? – ela concordou, um pouco decepcionada.

Ele percebeu, porém apenas continuou, suspirando um pouco, como se já estivesse um pouco cansado de conversar.

– O primeiro rei a deixar a aldeia sem substituto foi o Rei José, ancestral do seu amigo. Depois que ele saiu, mais de duzentos anos atrás, nenhum substituto foi escolhido pela Fontarbo. Isso se repetiu pelo mundo todo e, em questão de anos, nenhuma aldeia no mundo tinha um rei ou uma rainha.

Todos entraram em pânico. Príncipes e princesas sem experiência ou tutor tentando aprender sozinhos a governar... Foi o caos. Tanto que guerras eclodiram pelo mundo todo, monstros se aproveitaram da situação para atacar, com Myrikynnis muito desorganizados para reagir. A única rainha ainda em pé era...

– Elena – chutou Liza, e Nick assentiu.

– A aldeia de Itu-São Paulo era a única com uma rainha. E não qualquer rainha, mas a mais poderosa já existente. Todos os olhos estavam sobre nós. Éramos, mais do que nunca, os mais poderosos do mundo. Os novos governantes vieram até aqui pedir conselhos para Elena, contudo... dizem que ela apenas esperou que todos se reunissem em volta da nossa manifestação da Fontarbo d'Espero, subiu no galho mais alto e gritou: "Este, meus queridos, é o fim de uma era. Uma profecia anunciará a próxima, anunciará os dignos de governar e de nos salvar. Irei agora, mas voltarei quando ela se cumprir. Boa sorte, Sonhadores do mundo, agora é vossa vez de jogar".

Clara estava embasbacada com a história, e Liza murmurou algo sobre Elena ser prolixa e misteriosa mesmo pessoalmente. Eles estavam no centro da praça, e Nicolas sentou-se na borda de uma fonte para terminar de contar.

– Então, ela deu uma risada que é descrita como louca mesmo em documentos oficiais. E logo depois pulou. Ninguém sabia o que fazer, mas ela nunca chegou ao chão e o corpo nunca foi encontrado. Tudo que sobrou foi a coroa, coberta pelo manto que ela usava.

– Uma vibe meio Mamãe Gothel e afins – comentou Clara, fazendo os outros dois rirem.

– Só para finalizar: alguns revoltadinhos resolveram que éramos os culpados pelo que ficou conhecido como A Queda dos Monarcas. Eles disseram que tudo foi um plano de Elena para nos tornarmos mais poderosos. Ficaram ainda mais bravos quando nenhuma profecia foi feita por um oráculo sequer, todos repetindo que ainda não era a hora.

– E como nos resolvemos com eles? – Cal estava cada vez mais intrigada.

– Não nos resolvemos. Eles nos isolaram. Só falamos muito raramente com as aldeias brasileiras. Já tentamos acabar com essa rixa algumas vezes, mas nos recusamos a pedir desculpas por algo que nem sabemos se uma rainha morta foi culpada e que não podemos mudar.

Ambas concordaram com ele. Aquelas eram ações um pouco infantis, mas eles eram todos jovens, então supunham que não fosse tão absurdo assim. O garoto se levantou de súbito e apontou ao redor.

– De qualquer maneira, aqui estamos: o centro de Vilaĝo de Lumo. É aqui que poderão passar seu tempo livre e onde fazemos algumas festas também. Por ali tem as barraquinhas de venda; aqui tem alguns restaurantes bem legais; e mais pra lá fica a feira às sextas. – Ele foi apontando cada lugar com um leve e lindo sorriso no rosto.

– Se as aldeias estão espalhadas pelo mundo todo e falam idiomas diferentes, como vocês se comunicam? – Liza trouxe à tona uma questão interessante.

Nick voltou o rostinho ridiculamente bonito para a outra menina e deixou o sorriso idiota dele indicar um edifício que havia sido identificado como a escola.

– Com a nossa própria língua, esperanto, que vocês vão aprender na escola também – respondeu ele, voltando a andar. – Recentemente essa língua foi levada para fora dos terrenos Myrikynnis e é usada principalmente para ajudar em relações e comércio internacionais, mas somos os únicos que a falam como língua materna. Tiz, por exemplo, aprendeu esperanto e português ao mesmo tempo e sabe falar as duas bem.

Eles se aproximaram de uma grande construção que Clara não sabia o que era, mas que tinha um ar imponente. Nenhuma das duas garotas conseguiu conter a curiosidade sobre a nova descoberta.

– Você sabe falar também? – questionou Cal, querendo conhecer um pouco do idioma.

– *Kompreneble jes, ni ĉiuj parolas* – ele se exibiu, voltando a mostrar o sorriso. – É óbvio que sim, todos nós falamos. Como eu disse, é algo que temos que aprender na escola por aqui. Mesmo que a gente não se comunique muito com o pessoal de fora, muitos documentos e algumas coisas do dia a dia estão na língua Myri, então todos falamos fluentemente.

– Até o Gabriel? – Liza ergueu uma sobrancelha, lembrando a menção à falta de vontade de estudar dele.

Clara deu uma cotovelada nela mesmo gostando da provocação retribuída ao garoto arrogante. Nick apenas riu, observando Gabe se aproximar deles.

– Ouvi meu nome? – disse, olhando para cada um deles.

– Ah, eu estava apenas falando sobre o esperanto e como os mortos levantariam dos túmulos se um dia você se dedicasse o bastante para aprender um novo idioma

– zombou ele, os olhos amarelo-esverdeados brilhando com o humor.

– É só uma questão de prioridades, e aprender uma língua que eu nunca vou usar não é uma delas. – Gabriel deu de ombros, bagunçando mais os cabelos já bagunçados. – Esses estrangeiros mesquinhos nunca vão aparecer por aqui, não o fazem há séculos e não temos nada de especial para eles resolverem brotar aqui agora. E, além disso, se precisar usar o esperanto, sempre terei você para me ajudar, Nicks.

Gabe piscou o olho para Nicolas, com a boca se dobrando em um sorriso torto. Nick balançou a cabeça, revirando os olhos, e deu um pescotapa no mais novo.

– O que está fazendo aqui, afinal? Era para estar ajudando a Tiz a arrumar o ringue – perguntou ele, parando em frente a uma grande porta de madeira escura esculpida com símbolos e personagens que as duas garotas não conheciam.

– Ela se irritou comigo. – Gabe deu de ombros de novo. – Aparentemente, eu não estava fazendo do jeito certo. Sabe como ela é perfeccionista. Então saí para procurar o pessoal. Para avisar sobre a reunião, sabe? Achei quase todos, mas não sei se o Alex vem.

Nick bufou uma risada.

– O Alex sempre diz que não vem e no final aparece. Mas se prepare para tê-lo te xingando durante a reunião inteira.

– Ah, bem, é o Alex! – comentou o garoto, como se aquilo explicasse alguma coisa. – Ele só para de me xingar quando está xingando o Baixinho. E antes ele contra mim do que Ella ou Tiz.

Nicolas murmurou um "Credo, ninguém merece" enquanto a porta se abria. Sozinha. Clara supôs que não deveria estar surpresa, considerando que estava em uma aldeia mágica, mas mesmo assim se sentia em um parque de diversões.

    Cal olhava para todos os lados, tentando absorver os detalhes do extenso corredor, lotado de obras de arte. Algumas retratavam pessoas, todas ruivas com olhos verdes. Outras mostravam paisagens, entre elas o bosque pelo qual tinham chegado e o lago onde haviam feito o piquenique.

    – Esta – Nick indicou à volta, liderando o caminho pelo labirinto de corredores – é a Casa do Conselho de Vilagô de Lumo.

    – Esta é a parte em que vocês dizem "Uau, que incrível!" ou "Nunca vi algo assim!" – sussurrou Gabriel para elas, quando nenhuma das duas falou nada.

    – Ah, perdão. – Clara limpou a garganta e agiu o mais dramaticamente possível. – Oh! Que lugar maravilhoso! Estou completamente maravilhada!

    – A arquitetura! E estas pinturas, então? Simplesmente esplêndidas! – imitou Liza, fazendo os meninos rirem.

    – Agora sim – aprovou Gabe. – Continue, Nicks, está se saindo bem.

    O garoto deixou escapar um gemido, e Gabriel apenas levantou os polegares, fazendo um sinal de positivo.

    – Vocês são novatas, então não vão ter que se preocupar com nada ou quase nada das coisas aqui dentro. – O garoto de pele negra continuou: – Quando tiverem mais tempo para visitar durante o dia, vão treinar sua magia e combate. A Fontarbo d'Espero apontará que conselheiro será responsável por treinar vocês. Dentro do ramo em que Ela as considerar úteis, vocês poderão escolher entre várias coisas para fazer. É mais ou menos como as fadinhas de Tinker Bell, entenderam?

— Sim — as garotas responderam juntas.

— Beleza, então acho que era isso que eu tinha que falar para vocês — refletiu Nick. — Sempre podemos explicar mais depois, e vocês também vão ter que passar um tempinho na escola Myrikynni. Só para aprender coisas que não aprendem lá fora. Mas é divertido, prometo. Até o Gabe frequenta, de vez em quando.

— Ei! Do jeito que você fala parece que sou um preguiçoso sem futuro — repreendeu o garoto de cabelos pretos, fazendo-se de ofendido. — Eu salvo vidas, mané!

Nick riu e entrou em uma sala, despedindo-se de Gabriel, que foi para outro lugar.

— Só por formalidade: vocês precisam assinar isto aqui. É para termos registro de todos os Sonhadores e Myrikynnis. — Ele colocou um livro enorme na mesa e entregou uma pena com tinta para Liza. — Sei que ninguém mais escreve com pena, mas é tradição, então façam o seu melhor.

A capa do livro era de couro falso azul-petróleo, com a lombada desenhada em símbolos prateados, como os da porta. Na capa estava escrito "Dosieroj 2000-2099", cercado de outros arabescos, que também estavam presentes na contracapa.

O livro estava mais ou menos no começo, com vários nomes grafados em três colunas: Revuloj/Sonhadores; Myrikynnis; e Pragmatigida/Pragmatizados. A maioria aparecia nas duas primeiras colunas em caligrafias diferentes.

— Este é o livro de arquivos, temos vários desses. Toda vez que um novo possível Sonhador é identificado, anotamos na lista. Se eles passam na Iniciação, assinam o livro; se não, assinamos que eles foram pragmatizados.

Nick apontou os espaços designados a elas e terminou de explicar:

– Vocês só têm que escrever seus nomes aqui e, então, eu vou levá-las até a Fontarbo d'Espero para deixar vocês estáveis antes que voltem. Ah, e é um costume escreverem aqui o apelido que receberam. Geralmente, temos mais tempo para escolher, mas foi por isso que Gabe fez questão de perguntar. Ele não queria que ficassem de fora, mesmo que nunca vá admitir.

Clara teve que reconhecer que achou fofa a preocupação do garoto, mesmo que ele tivesse sido meio rude. Ela aguardou pacientemente Liza escrever, para em seguida escrever o próprio apelido. Uma sensação passou pelo corpo dela, como a de quando A Porta foi destrancada. Ela estremeceu um pouco e Nick percebeu o movimento.

– Tudo bem? – perguntou, colocando uma mão no cotovelo dela. A menina apenas assentiu. – Tá bem, me desculpem por estarmos fazendo tudo isso com pressa, mas como vocês têm hora...

– Não tem problema, relaxa – garantiu Liza. – Quando viermos de novo, podemos fazer uma nova visita com calma.

– É claro! Aliás, sobre isso, o que acham de voltarem aqui no final de semana que vem? – perguntou Nicolas, checando algo que devia ser uma agenda.

– Tenho uma ideia melhor – interveio Liza, olhando com expectativa para a amiga. – As férias de julho começam em uma semana, por que não falamos que isso é um acampamento e ficamos por aqui?

Clara, que agora tinha superado a maior parte do medo, estava muito ansiosa para aprender mais sobre aquele lugar. Por isso, sorriu e concordou:

– Acho uma ótima ideia! Desde que consigam me dar um número de telefone para que a minha mãe possa ligar.

– Temos um cartão para isso, na verdade. – Nicolas entregou um cartãozinho a cada uma. – Acampamento da Luz, recrutamos nossos campistas de todas as idades, gratuito e com tudo incluso. Além de um site com fotos e telefone.

As garotas o encararam, incrédulas.

– O quê? Vocês não são as primeiras a fingir que VL é um acampamento de férias. – Ele deu de ombros e acrescentou: – É só checar a data e um ônibus pega vocês no ponto que passarem para nós. Vocês moram em que cidade?

– Na capital – respondeu Clara, cada vez mais surpresa com a organização deles.

– Ah, então é fácil. – Ele já se dirigia para fora do edifício. – Tem muita gente que vem de lá. Seguinte: agora vem a parte mais estranha do processo de se tornar oficialmente um de nós.

– Pensei que depois da Iniciação já fôssemos Myrikynnis. – Liza estava definitivamente tão confusa quanto Clara.

– Bem, sim, mas não oficialmente. Vocês têm que falar com a Fontarbo d'Espero primeiro, para que Ela as aceite como súditas, ajude a conter os seus poderes e, como eu já expliquei, determine qual vai ser a função de vocês por aqui.

Àquela altura, os três já estavam de volta ao exterior. O centro estava bem menos cheio do que antes, com apenas algumas pessoas trabalhando ou comendo. A barriga de Clara roncava com a ideia de comer, mas ela sabia que teria que esperar para comer algum lanche. Honestamente, uma tortura, porém ela faria o esforço.

A garota de cabelos castanhos se perguntava como os amigos estavam se saindo na própria missão. Será que os clones seriam descobertos? Cal acordou dos pensamentos com a voz alucinada de Liza:

– Uau! Isso é...

– Apresento-lhes a encarnação da Fontarbo d'Espero em Vilaĝo de Lumo. A Mãe de todos os Sonhadores, Protetora de todos os habitantes da Terra, Salvadora da humanidade que nos resta – apresentou Nick, curvando-se em uma profunda reverência, que ambas as meninas fizeram o melhor para imitar.

Clara não sabia o que esperava, mas a Fontarbo d'Espero era uma grande árvore. Na verdade, "grande" poderia ser considerado o eufemismo do século. Aquela árvore era *enorme*. Teria no mínimo 90 metros de altura, sem contar o diâmetro.

Era cercada de grossas raízes, como as que construíram as pontes na ida para a aldeia. Essas raízes, assim como o tronco, tinham um tom marrom muito escuro, esparramavam-se por todo o chão e davam a sensação de que toda a energia daquela terra vinha da árvore.

A folhagem era dos mais belos tons de verde, tantos que Clara não conseguia nem começar a nomear. Alguns lembravam os olhos dela e os de outros Sonhadores que ela havia conhecido.

Clara não conhecia muito de plantas, mas de alguma maneira sabia que aquela não teria um nome familiar nem aos mais respeitáveis botânicos. Toda a aura da árvore exalava mágica, vetustez e superioridade. Não tinha jeito melhor de explicar.

– Eu não posso fazer o ritual, porque apenas a realeza Myrikynni pode fazer isso, então temos que esperar a Ella. – Nicolas se apoiou em um tronco grosso o suficiente para que conseguisse encostar as costas inteiras.

– Você, hã... pode nos dar uma prévia do que vai acontecer? – pediu Clara, e o garoto assentiu.

– Assim como na Iniciação, esse ritual é um pouco diferente para cada um, mas algumas coisas se repetem. Quando a princesa invoca o poder dos Santos por meio da Fontarbo d'Espero e então apresenta o novo Sonhador, uma passagem é aberta por entre as raízes. É só entrar e seguir a luz. O que acontece lá dentro é surpresa. A maioria não fala sobre isso, e não sabemos exatamente o que significa, mas, ao sair, os Myrikynnis sempre voltam com uma carta, que é entregue à autoridade.

– O que está escrito nas cartas? – perguntou Clara, mexendo-se ansiosamente no lugar.

– Eu não sei, nunca li. Também não sei o que Ella faz com elas, mas confio que ela sabe o que faz – garantiu o rapaz, apertando os olhos para enxergar uma silhueta que se aproximava correndo. – Falando nela, olhem quem está vindo.

Daniella brecou com força, sem nem ofegar, e ajeitou algumas mechas ruivas que soltaram da trança. Os passos da princesa se tornaram confiantes e o rosto só poderia ser descrito como político. Calmo e educado, porém rígido e empoderado. Mais uma vez, Clara se via cara a cara com uma princesa como ela sempre imaginou.

– Tudo pronto? – perguntou ela, como se não tivesse corrido até lá.
– Tudo certo, elas estão prontas também, não é, meninas? – Nick as olhou, e ambas confirmaram.
– Ótimo, então vamos começar.

36

Abduzida por um lago de suco de melancia

    Clara já estava consideravelmente acostumada com tradições esquisitas. Primeiro, uma caça às pistas para abrir uma porta e encontrar um povo mágico. Depois, uma Iniciação para entrar nesse mesmo povo, envolvendo um juramento e atirar em uma árvore usando os recém-adquiridos poderes. Então, Cal estava diante de uma árvore que era uma entidade que a manteria segura de alguma maneira.

    Essa enxurrada de novidades tinha que parar por ali.

    Liza e Clara conversaram brevemente e decidiram que, como Clara tinha feito a Iniciação primeiro, agora começariam por Liza. Ella e Nick cochicharam, provavelmente organizando o tal ritual que realizariam.

    Liza estava ligeiramente preocupada consigo mesma por estar tranquila com a ideia de entrar em uma árvore mágica e passar por um ritual. Porém, antes que pudesse se questionar, Nicolas e Daniella se separaram e a jovem levou Liza para mais perto da Fontarbo d'Espero.

    Ao mesmo tempo, o garoto fez Clara se afastar um pouco, de modo que assistissem ao ritual a distância. Clara apenas acenou para a amiga antes de Ella começar a falar:

    – Ó, Fontarbo d'Espero. Ó, Santos que nela vivem. Trago àqueles que nos assistem, nos guardam e nos guiam uma nova Sonhadora que julgo digna de se tornar Vossa nova súdita. Peço-vos que lhe mostrem o caminho para esta honra e que a considerem digna de tal. Peço-vos que considerem presenteá-la com Vossos poderes e que a ajudem a controlá-los. Como princesa Myrikynni, eu, Daniella Pessoa, Vos apresento Liza Zavala.

Assim que terminou, Liza ficou ruiva novamente, como aconteceu durante a Iniciação. A mesma luz branca que a cercou durante a transformação, opaca e ofuscante, brilhou de dentro da árvore, por entre as raízes. Estas, que circundavam o tronco, passaram a se mover, criando uma porta em formato de V ao contrário.

Lá dentro não se via nada além de branco, como se fosse um desenho em uma folha vazia e tivessem passado uma borracha nele. Nos espaços entre o tronco e as raízes, símbolos como os da Casa do Conselho e do livro brilhavam, cercando a abertura. A expressão dos mais velhos demonstrava que aquilo era um bom sinal, então a princesa indicou que Liza entrasse.

A garota hesitou um pouco. Andava dois passos para a frente e um para trás. Na metade do caminho, entretanto, parou totalmente. Liza tremeu o corpo todo e fechou os olhos, respirando fundo por um momento. Clara viu quando ela abriu os olhos, determinada, ergueu o queixo e andou o restante do caminho com confiança.

Continuou observando a amiga, zelando-a, pronta para correr na direção dela a qualquer sinal de perigo. Fez isso até que a menina de cabelos escuros, agora arruivados, pisasse no limite da abertura. Assim que o fez, Liza virou luz branca, virou vazio, como todo o interior da árvore.

Cal arfou quando as raízes se fecharam, trancando Liza dentro da árvore. Ela tentou avançar, porém Nick a segurou gentilmente. Ele enganchou os braços nos dela, segurando-a contra o próprio corpo. Como Ella tinha feito no lago, o aperto de Nick era firme, mas não a ponto de machucá-la.

– Calma, ela já vai voltar – disse ele com a voz serena. – Sei que é estranho, mas espere só um pouco. Vai dar certo. Prometo que ela vai ficar bem.

Clara mal teve tempo de se acalmar, pois, dito e feito, a porta se abriu novamente e Liza voltou ao mundo exterior parecendo apenas um pouco confusa e segurando um envelope na mão direita. A garota ainda estava ruiva, mas aparentemente mais leve. Entregou a carta a Daniella, que agradeceu e finalizou o ritual com um leve sorriso.

– Liza Zavala, você foi aceita e abençoada pelos Santos e pela própria Fontarbo d'Espero. É uma Myrikynni completa e livre e tem como única obrigação manter seu juramento e cumprir seu dever conosco enquanto for necessária. Bem-vinda a Vilaĝo de Lumo, espero que esta possa ser sua nova casa e que os Myrikynnis possam ser sua nova família.

Nicolas soltou Clara ao final da fala, e ela correu até Liza. O coração de Clara batia desesperadamente quando as duas se abraçaram. Ela não sabia por que estava reagindo daquela maneira se só tinham se passado dois ou três minutos. No entanto, foi desesperador não saber o que estava acontecendo.

– Eu achava que a Iniciação seria estranha. Sério, esses foram os vinte minutos mais bizarros da minha vida – confidenciou Liza, voltando à aparência normal.

– Vinte minutos? – perguntou Clara, ao que Daniella respondeu:

– O tempo passa de um jeito diferente dentro do santuário. Você vai entender quando estiver lá dentro. – Ella colocou a mão no ombro da garota mais nova, conduzindo-a para o mesmo lugar em que Liza estivera. – Podemos começar?

As duas garotas assentiram, e Liza desejou boa sorte antes de acompanhar Nick até os limites da clareira. Frente a frente com a Fontarbo d'Espero, Clara passou a analisá-la melhor.

As raízes não circundavam a árvore como ela achava, elas *eram* o tronco. Os espaços entre elas estavam escuros e opacos, mas Clara sabia que logo ficariam tão claros que ela seria obrigada a desviar o olhar. Sabendo onde os símbolos estavam, era possível identificá-los. Riscos, traços e ondas rebuscadas separados uns dos outros, como se fossem palavras.

Cal registrava vagamente que Ella repetia as palavras do ritual, mas não prestava atenção. Qual era o significado daqueles símbolos? Será que ela aprenderia a compreendê-los? O que tinha dentro da árvore mágica e como ela seria por dentro?

Os pensamentos foram bruscamente interrompidos quando sentiu o corpo mudando e as raízes se afastando para que ela pudesse entrar. A princesa a cutucou, e Clara pigarreou antes de andar até a abertura.

A sensação de passar pela luz branca se assemelhava com a de passar em um daqueles tubos que ficam jogando vento para limpar, mas que deixam o ar estranho de respirar. Por um momento, ela teve a sensação de estar passando por uma limpeza a jato e, em outro, no que devia ser o santuário.

O espaço era limpo, obviamente feito de madeira, tinha símbolos entalhados por toda parte e uma leve cachoeira ao fundo. Tudo parecia brilhante, como se em vez de sombras contornando os entalhes houvesse luz.

As cores também eram mais vibrantes, mas provavelmente isso era porque a visão dela estava aperfeiçoada. Ela se perguntava qual seria o tom de verde dos novos olhos, porém conteve os pensamentos e tentou focar a tarefa à frente.

O problema é que Clara não tinha a menor ideia do que fazer.

Então, resolveu que, já que estava lidando com magia, pensaria como as personagens de alguns livros. Símbolos esquisitos? Provavelmente mágicos, como em *Instrumentos Mortais*. Mas ela conhecia apenas um deles, o triângulo com a árvore e o Sol e, mesmo assim, não sabia o que ele significava, portanto eram todos inúteis para ela. Certamente estavam lá por um motivo e, por mais que cercassem todo o ambiente, as marcas se concentravam perto da queda-d'água e do pequeno lago que esta formava.

Certo, estou em um tipo de santuário entalhado com palavras mágicas que apontam para um pequeno lago de águas brilhantes. A pergunta não é nem se a água é mágica, mas sim o que eu devo fazer com ela.

Aproximando-se do fundo daquele lugar, Clara se ajoelhou e observou o próprio reflexo no espelho d'água. Foi assim que ela, sem querer, encontrou uma espécie de cumbuquinha de madeira e soube o que fazer.

Com a mão direita, mergulhou a cumbuca no lago e a encheu de água. O pote tinha o tamanho e a profundidade das duas mãos dela juntas em conchas. Ela o levou até os lábios e bebeu o líquido, surpreendendo-se quando sentiu gosto de suco de melancia.
Tem o gosto da minha bebida favorita, ela pensou.
Enquanto tomava tudo que tinha no recipiente, Clara notou que, ao agitar a água, ela passou a refletir outro lugar, como se passasse um filme. A garota se sentiu mais poderosa depois de beber o líquido, então se aproximou ainda mais, a fim de prestar atenção. Cal tomou um susto quando sentiu que estava sendo sugada para dentro da visão.

A visão mostrava Vilagô de Lumo em um dia nublado. Se podia se basear no clima, era outono, talvez fim de março. Tudo estava muito quieto, exceto pela área de treinos.
Sons metálicos do choque de espadas soavam, assim como respirações ofegantes. Uma cena parecida com a que havia me deparado na visita acontecia no ringue, mas, em vez de dançar, as duas garotas estavam lutando. Em volta delas, dois garotos estavam jogando briga de polegares.
– Ok, deu, você ganhou, Tiz. – Uma das meninas, a que estava no chão, se rendeu.
– Você já deveria ter aprendido, Luluzinha, ninguém ganha da Tiz em uma luta de espadas – disse o menino de cabelos pretos.
– Quer vir até aqui para eu chutar sua bunda também, Gabe querido? – falou Tiz docemente, enquanto Luiza mostrava os dedos do meio para Gabriel. – Ou vai ficar só exercitando a boca?

– Nunca recusaria um pedido seu, Tiz, meu amor, vamos nessa – respondeu Gabe, soltando a mão de Nick.

– Vocês dois são meio idiotas, sabem disso, não sabem? – comentou Nick, recebendo um tapa do amigo.

– Nossa, que gratuito. – Luiza riu.

– E mesmo assim você nos ama – os outros dois disseram ao mesmo tempo em resposta ao rapaz.

– Pois é, acho que isso me faz idiota também. – Ele deu de ombros e todos riram.

Gabe pegou a espada de Luiza e a girou na mão, pondo-se em uma posição que parecia ser de luta. Eles circundaram um ao outro por um tempo. A ruiva estava prestes a avançar, quando Daniella chegou e os fez parar.

– Está acontecendo – foi tudo o que ela disse, mas os quatro pareciam estar entendendo.

– Os outros? – perguntou Gabe, subitamente sério e um pouco assustado.

– Estão vindo para cá. Tay está trazendo-os agora – afirmou a princesa. Todos se dirigiram para a Casa do Conselho, e eu os segui.

– O que vai acontecer agora? – questionou Tiz, após um momento de silêncio.

– Eu não sei. Sinceramente não sei, mas temos que nos preparar. – A porta se abriu imediatamente para eles, porém não consegui entrar. Assim que a porta se fechou, a visão mudou.

Desta vez o vilarejo estava mais agitado, mas não de um jeito bom. O clima estava quente, abafado e úmido. Era verão e estava

prestes a chover. Pessoas corriam para todos os lados e eu estava completamente perdida até ouvir uma voz chamar meu nome:
— Cal! — gritou uma versão mais velha e ruiva de Liza. — Até que enfim te achei! Está tudo uma confusão. Você viu os outros?
Eu ia responder, mas fui interrompida por mim mesma, só que mais velha. Eu estava no corpo que tinha assumido na Iniciação — cabelos ruivos, meio dourados, e olhos verdes —, vestia um tipo de macacão de couro falso e levava algumas lâminas e uma aljava com arco e flechas. Eu parecia pronta para lutar e aparentemente sabia como fazer isso.
— Os chamaram para a Casa de Conselho, mas, de acordo com o que Nick me contou, as coisas estão ruins — respondeu a eu do futuro, puxando Liza para longe das pessoas. — Liz, temos que fazer aquilo. É nossa única esperança. Temos que lutar lá de dentro para que eles possam lutar aqui fora.
— Como? — Liza parecia espantada com a sugestão. — Cal, quero que essa ideia funcione tanto quanto você, mas ninguém nunca permitiria isso, já tentamos. É loucura e eu sei que estamos certas, você sabe, mas sozinhas é quase impossível!
— É nossa única chance — murmurou minha eu do futuro com um olhar determinado.
— Eu sei, Cal — sussurrou a argentina. — Vamos tentar. Hoje à noite, vamos acabar com isso de uma vez.
— Não — respondi com a firmeza de alguém que sabia o que estava fazendo. — Eles são mais fortes à noite. Além disso, se formos agora, não terá ninguém para nos impedir.
— Tem certeza? — questionou Liza mais uma vez, olhando fixamente nos meus olhos. Meus olhos verde-oliva, como duas azeitonas.

– Não, mas não vou deixar que mais ninguém morra sabendo que eu poderia ter feito algo a respeito – foi a resposta.

Mal percebi quando a visão se desfez novamente.

Clara saiu da visão um pouco tonta. Passou um tempo ajoelhada no mesmo lugar, sem notar a carta na mão ou que o próprio ambiente tentava tranquilizá-la, pois tinha a impressão de que vomitaria se se movesse um centímetro sequer. Enquanto isso, frases soltas soavam na mente dela.

Está acontecendo.

Temos que nos preparar.

É loucura, quase impossível.

É nossa única esperança.

Não vou deixar que mais ninguém morra sabendo que eu poderia ter feito algo a respeito.

Aquilo poderia não significar nada. Poderia significar tudo. Ela não tinha como saber.

Então Clara entendia por que as pessoas não falavam sobre o que viam lá dentro. Era confuso e sufocante pensar que em um futuro não tão distante estaria lutando para salvar vidas, sendo que há poucos dias a única preocupação dela era se teria que fazer dever de casa ou não.

Clara apertou os olhos, superando o enjoo e a tontura e se colocando em pé. Ela se afastou do lago, mas não antes de reparar que um conjunto de símbolos brilhava mais forte. Embaixo dele estava colada uma tradução escrita em um papel, como se alguém tivesse feito aquilo para ajudar novatos. Uma pequena trapaça bem-intencionada.

No papel estava escrito "Magia", e Clara se lembrou de que Nick havia dito que a Fontarbo d'Espero decidiria a atribuição dela. Pensou também que ele havia dito ser o mestre da magia ou algo do tipo. Isso significava que ele seria o chefe dela?

Clara deixou para pensar sobre isso mais tarde, pois as raízes voltaram a se abrir, liberando-a para voltar ao mundo exterior. Ela passou pela abertura, sentindo novamente a sensação de estar rodeada de jatos de ar.

Clara estava se sentindo poderosa, mas leve, ainda mais do que antes. Era como se ela tivesse nascido para ser aquilo e que, durante a ainda curta vida, tivesse vivido em um corpo alheio.

Foi diferente da primeira vez que tinha se transformado. Antes, ela não tinha ideia do que a esperava, mas dessa vez entendia um pouco melhor. Entendia que aquilo não era uma história que contava para a irmãzinha antes de dormir. Era parte da vida, do ser dela, da própria história.

Daniella agora pronunciava as palavras finais:

– Mac Tischler, você foi aceita e abençoada pelos Santos e pela própria Fontarbo d'Espero. É uma Myrikynni completa e livre, tendo como única obrigação manter seu juramento e cumprir seu dever conosco enquanto for necessária. Bem-vinda a Vilaĝo de Lumo, espero que essa possa ser sua nova casa e que os Myrikynnis possam ser sua nova família.

E viu que os três ali presentes sorriam para ela, que devolveu o gesto, verdadeiramente feliz. Ela já se sentia em casa naquele lugar. Simplesmente sentia que pertencia a Vilaĝo de Lumo, junto daquelas pessoas.

Então, ao piscar os olhos algumas vezes para se situar completamente, Cal, por fim, percebeu mais uma coisa.

A partir daquele momento, ela não era apenas uma garota de 14 anos que sonhava com um mundo melhor e que lutaria com toda a força para garantir que esse sonho se tornasse realidade.

Ela era uma Myrikynni.

37

O fim de uma aventura é apenas o interlúdio de outra

Eles falharam.

Depois de tudo o que tinha acontecido naquele feriado, bastou que os nove amigos se deitassem nas camas para que todos estivessem dormindo. Vini só percebeu o que tinha acontecido quando acordou sobressaltado com uma batida na porta.

Primeiro, achou que seria uma das meninas, avisando sobre a volta de Cal e Liza. Porém, ele logo notou a claridade e checou o relógio. Já eram 8h.

– Garotos? Hora de acordar! – chamou o pai de Vini, fazendo com que os outros se mexessem nas camas.

– O quê? Nós dormimos? – Guilherme parecia tão confuso quanto ele.

Após alguns minutos, conseguiram realmente acordar. Vini percebeu o que aquilo significava e saltou da cama. Sem pensar, foi direto para o quarto das garotas e rapidamente bateu na porta antes de entrar, perguntando:

– Elas voltaram? Elas estão aqui?

Uma Aline muda e muito sonolenta apenas apontou para as camas em que as duas Sonhadoras estavam dormindo. Ambas pareciam perfeitamente pacíficas, como se não tivessem sumido a noite toda.

– No carro, Vinícius – murmurou Clara com o rosto no travesseiro, e ele assentiu.

Estava pronto para ouvir, mas quanto mais tempo pudesse ganhar tentando entender sozinho, melhor para ele.

Meia hora depois, o grupo terminava de organizar os pertences enquanto Liza contava algumas coisas para eles e Cal tentava superar o mau humor matinal. Infelizmente, uma história muito estranha envolvendo um pequeno lago de chá gelado com limão foi interrompida pelo grito da mãe de Vini:

– Crianças, vamos! Desse jeito não chegaremos nem no dia de São Nunca!

Ele ouviu os zíperes se fechando e gritou de volta:

– Já estamos descendo!

– O quê?

– Descendo!

– Hã? – Vinícius não respondeu dessa vez.

Os adolescentes saíram dos quartos, checando para garantir que não tinham esquecido nada. Caminharam juntos e em silêncio até a escadaria, quando Laura os parou.

– Precisamos agir normalmente, assim dá pra ver que estamos escondendo alguma coisa – falou a menina de olhos cinzentos. – Então só vamos... Que aulas temos amanhã mesmo?

A voz dela era um pouco mais alta enquanto perguntava, levemente entediada. Parecia mesmo que estivera falando disso havia algum tempo.

– Acho que começa com dobradinha de português – Guilherme respondeu.

– Nossa, ninguém merece – reclamou Ali. – A gente tem história e depois geografia, ou seja: mimir.

– Odeio que ela realmente dorme e depois tira dez nas provas! – exclamou Marcelo ao chegarem à sala onde os pais de Vini esperavam.

– Gente inteligente é assim mesmo, né? Enquanto eu tenho que estudar a semana toda para tirar um seis, ela olha o caderno de alguém cinco minutos antes da prova e tira dez – comentou Milla, revirando os olhos e recebeu um tapa da melhor amiga.

– Ai, cala a boca, Milla! Você é muito inteligente e vai muito bem, então *shhhh*!

Eles continuaram conversando sobre amenidades por mais um tempo. Felipe, o irmão do Vini, entrou na conversa, e todos ficaram se divertindo ao mesmo tempo que os adultos colocavam as malas nos carros. O tempo passou descontraidamente, mas em momento algum Vini deixou de pensar na missão.

A parte final do plano foi posta em ação assim que Hana, assim como todas as mães, perguntou o típico "Não esqueceram nada?".

Eles disseram não, então ela continuou:

– Casacos? Meias? Nada mesmo? Chequem, por favor.

Resmungando, eles remexeram as mochilas e fizeram listas mentais. Depois de um tempo, Sophie, Clara e Rafa esbravejaram e saíram correndo para buscar o que tinham esquecido.

Enquanto esperavam os três voltarem, Vinícius resolveu conversar com o velho zelador. Depois da pista com a foto, eles não tinham mais trombado com ele, e Vini queria contar que tinham conseguido finalizar a Caçada.

– Seu Manuel! Seu Manuel! – o garoto chamou, correndo ao encontro dele. – O senhor nem vai acreditar. Conseguimos terminar a Caçada!

– Eu... O quê? – o senhor parecia completamente chocado e interessado ao mesmo tempo. – Como? Me conte, menino. Você os encontrou? Encontrou os protegidos de Elena?

– Você não vai acreditar quando eu te contar! – Vini ponderou o que dizer e então, notando a expressão ansiosa de Manuel, continuou: – Olha, não conta para os meus pais, mas a gente encontrou alguém, sim.

– Quem? Como eles eram? O que disseram?

– Não sei direito quem ela é, mas fazia coisas estranhas, como mágica. – Percebendo como aquilo soava, ele se corrigiu: – Mas não estranha de um jeito ruim. Ela parecia uma boa pessoa, sabe?

O velho concordou, com uma expressão que o mais jovem não soube identificar. Antes que pudessem continuar a conversa, o grupo se reuniu novamente e Vini teve que terminar dizendo:

– Não é bizarro o que temos perto de nós? Quem diria, seu Manuel? Tem uma mulher mágica no bosque ao lado!

Enquanto ia embora, Vini escutou o zelador murmurar para si mesmo:

– Bizarro, tão anormal...

Antes que pudesse pensar naquilo, já estava no meio de uma discussão sobre quem iria com quem nos carros.

Inicialmente, a ideia era ir e voltar com o mesmo grupo, mas, com tudo o que tinha acontecido, queriam fazer algumas mudanças.

Todos queriam estar no mesmo carro de Clara ou Liza, para saberem a história toda e o que tinha acontecido depois de deixarem o lago. Vini também queria voltar com Milla. O garoto ficou aliviado quando a namorada sugeriu em meio à confusão:

– Sei que todos querem saber o que aconteceu, mas não podemos ficar nisso para sempre. Vamos eu, como representante das meninas; Vini, porque ele que nos trouxe aqui, para começo de conversa; e Celo, porque ele descobriu no meio, ficou perdido e mesmo assim ajudou, com a Cal. Pode ser?

A ideia não agradou a todos, mas eles acabaram aceitando.

– Com a Liza podem ir a Laura, porque ela sabe controlar situações; o Gui, porque ele é fofoqueiro; e a Aline, porque é grude da Liza. Depois elas contam direito para mim, Rafa e Lucas – Sophie encerrou o assunto, impedindo qualquer intromissão dos outros dois garotos e levando-os pela gola da blusa até um dos carros.

– Ok, então – disse Laura, observando o trio entrar no carro do tio de Vinícius. – Podemos ir com a tia Hana e vocês vão com o seu pai.

O restante do grupo se separou e foi em direção aos respectivos carros. Eles combinaram os lugares, e Vini pediu para ficar atrás, deixando Marcelo no banco da frente.

A verdade é que ele tinha a impressão de que o loiro estava morrendo de vergonha de estar perto de Clara depois do fora que tinha levado algumas horas atrás e queria ficar distante por um tempo.

– E então, Tischler? Conte tudo, estamos prontos para ouvir dessa vez – pediu Vini, sentando-se no banco ao lado da janela, com Milla no meio e Cal do outro lado.

Do banco do passageiro, Marcelo se inclinou para ouvir também. Mesmo que tivesse a intenção de evitar a melhor amiga por um tempo, o garoto ainda queria ouvir o que ela tinha a dizer.

Clara respirou fundo, como se considerasse por onde deveria começar. Um segundo se passou antes que ela iniciasse uma narrativa detalhada sobre visões, caçada e amizade. Falou sobre um povo mágico composto de crianças e adolescentes e uma árvore enorme que eles cultuavam.

Descreveu uma linda vila escondida que abrigava estranhos, idiotas idealistas, otimistas e todos aqueles que não se encaixavam no mundo real. Ela contou que o lugar passava a sensação de que ser um verdadeiro lar, com uma família real. Apesar do medo inicial que sentiu, admitiu que era impossível não se sentir à vontade lá.

Quando terminou, o pai de Vini perguntou:

– Isso seria lindo, Clara. Onde ouviu essa história?

Ela suspirou e se apoiou na janela, fechando os olhos e sorrindo levemente antes de responder:

– Lugar nenhum, tio Carlos. Foi apenas um sonho que eu tive. Apenas um sonho...

Epílogo

Cerca de uma dúzia de adolescentes estavam sentados em volta de uma grande mesa redonda lotada de papéis na sala de reuniões da Casa do Conselho. Há alguns anos, eles vinham tentando encontrar um nome melhor para o lugar, mas não chegavam a conclusão alguma.

Geralmente, as reuniões tratavam de amenidades ou de problemas consideravelmente fáceis de resolver. Nos últimos meses, porém, a seriedade dos assuntos aumentou, e muito.

A princesa ocupava o posto havia quase dez anos, estando no Conselho há mais tempo que qualquer um dos outros, talvez por ser a mais velha entre eles. À direita, o chefe dos curandeiros avaliava alguns dados de exames médicos feitos em todos na aldeia. À esquerda, a general considerava os melhores planos de ação, como vinha fazendo junto do chefe de segurança e do mestre dos magos desde março.

Todos estavam preocupados com as áreas de responsabilidade e tentando dar o melhor de si. Mesmo assim – e ela odiava admitir isso –, eles não estavam nem perto de estar prontos para o que viria.

– As equipes trouxeram novos relatórios – o mestre de magia foi o primeiro a se manifestar. – As Sombras estão se agitando, mas não tanto quanto pensamos que estariam depois de hoje.

– Uma armadilha? Ou eles realmente não sentiram ainda? – questionou a mestre viajante, com uma tala em volta do braço esquerdo.

– Teria que infiltrar alguém para saber. – O mago esfregou as mãos nos olhos. – Mas acho que estão escondendo algo.

A princesa considerou as opções e ouviu enquanto eles discutiam outros possíveis motivos para a falta de agitação maior das Sombras. Os ataques eram em menor frequência do que o normal e eles não tentaram nada depois de dois rituais consecutivos.

Os monstros das Sombras tinham um padrão e *sempre* atacavam depois de Iniciações. Só que não o fizeram dessa vez, e esse silêncio, a espera, era pior do que tudo. Eles estavam começando a estranhar. O povo sabia que tinha algo errado.

– Temos nove Pragmáticos sabendo de nossa existência – ela falou pela primeira vez naquele encontro. – O que faremos sobre isso?

O chefe das relações exteriores pigarreou:

– Não temos muito o que fazer, a não ser observá-los e avaliar o que vão fazer com essa informação, mas não parecem que vão causar problemas.

– Sabendo da nossa existência, eles ficarão mais suscetíveis ao ataque de monstros. Eles não se importam se estão matando Sonhadores ou Pragmáticos, você sabe disso – respondeu ela.

– E é por isso que os estou vigiando, já que, além disso, eles gostam de andar acompanhados de duas Myris novatas. De quem foi a ideia de deixar que eles descobrissem sobre nós?

– Eles estavam juntos e as garotas estavam confusas, é claro que iriam conversar com os amigos. – A general o fuzilou com os olhos. – Já esteve confuso como elas e aposto que queria que alguém acreditasse em você. Elas apenas deram sorte.

– Além disso – o curandeiro interrompeu a discussão antes que o outro garoto respondesse –, elas vieram para cá usando as dicas da Caçada de Elena.

Todos ficaram em silêncio com a afirmação, mas inquietos.

– Então, é verdade mesmo? – perguntou a representante do comércio, apreensiva. – A Profecia... Ela está mesmo começando?

Eles olharam para a Oráculo, que encarava as próprias mãos. Quando ela levantou o rosto, eles notaram lágrimas nos olhos verde-primavera.

– Está – foi tudo o que ela disse. – Todas as peças estão aqui, e agora a Profecia começou.

Sussurros e arfares foram ouvidos pelo cômodo, porém a princesa continuou sem dizer nada. As palavras de algumas cartas lidas ainda soavam na mente dela.

Tantos destinos entrelaçados para cumprir uma promessa. Ela se perguntava quantos deles encontrariam o fim mais cedo do que deveriam. Tinha que se manter forte, como fez a vida inteira. A princesa precisava ser forte para guiá-los durante e depois do que estava por vir. Ela sentiu a mão da general sobre a dela por debaixo da mesa e encontrou coragem para dizer:

– Vamos nos preparar, dar o nosso melhor e conseguir passar por isso. Elas ainda estão assustadas com todas as descobertas, não podemos jogar isso em cima delas agora. Esperem mais um pouco.

Hesitantemente, os jovens assentiram e concordaram com ela.

– Vamos conseguir – reforçou ela.

A princesa realmente esperava que aquilo não fosse uma mentira.

Agradecimentos

Há algumas pessoas que não posso deixar de agradecer, pois sem elas eu nunca teria chegado até aqui.

À minha mãe, Silvana, que apoiou o meu sonho de ser publicada e me ajudou em cada momento do processo. Ao meu pai, Pedro, que teve paciência de me escutar enquanto eu contava uma história ainda muito confusa que eu mal tinha começado a tentar escrever. À minha irmã mais nova, Carolina, que está sempre me perguntando sobre o que estou escrevendo e que me traz inspiração sem nem perceber. À minha cachorra, Zoe, que me faz companhia enquanto eu escrevo. E, também, aos meus avôs, à minha avó, às minhas tias, ao meu tio e ao meu primo, que sempre me incentivaram a fazer o que eu gostava. Um obrigada mais que especial para todos vocês. ♥

Agradeço a Mafe e Stella, minhas melhores amigas e primeiras leitoras deste livro. Vocês ouviram minha história e disseram que valia a pena escrevê-la. Jamais vou conseguir demonstrar gratidão suficiente por isso, porém acho que os pequenos spoilers que vocês recebem me ajudam a começar. Eu não sei o que seria de mim sem as duas, amo vocês com todo o meu coração!

Várias outras pessoas, muitas para citar aqui, talvez nem tenham percebido que também me apoiaram durante esse percurso, com palavras, gestos ou me deixando pegar pequenas características e histórias para usar em meus personagens. Vocês são incríveis!

Não posso deixar de mencionar três professores que me auxiliaram no processo de escrita, com conselhos, incentivos ou correções. Obrigada, Edson Isse, Meire Marion e Tiago Tozzi, nunca vou me esquecer da ajuda que me deram.

Por fim, obrigada a todos os Sonhadores que me mostraram que não devemos desistir dos nossos sonhos. Espero conseguir fazer o mesmo para outras pessoas.

grupo novo século

Compartilhando propósitos e conectando pessoas
Visite nosso site e fique por dentro dos nossos lançamentos:
www.gruponovoseculo.com.br

TALENTOS DA LITERATURA BRASILEIRA

- facebook/novoseculoeditora
- @novoseculoeditora
- @NovoSeculo
- novo século editora

gruponovoseculo.com.br

Edição: 1.ª edição
Fonte: Source Serif Pro